김완

서울 에서
시를

출판 전업
작가로 살고자 삼십 대 후반에 돌연 산골 생활
을 했다.

그 후 취재와 집필을 위해 몇 년 동안 일본에
머물며 죽은 이가 남긴 것과 그 자리를 수습하
는 일에 관심을 두게 되었다. 동일본대지진을
겪은 후 귀국하여 특수청소 서비스회사 '하드
윅스'를 설립하여 일하고 있으며, 일상적으로
맞닥뜨리는 죽음 현장에 드러난 인간의 삶과
존재에 대한 기록을 남기고 있다.

죽은 자의
집 청소

죽은 자의 집 청소

1판 1쇄 발행 2020. 5. 30.
1판 34쇄 발행 2023. 9. 26.

지은이 김완

발행인 고세규
편집 길은수 디자인 유상현 마케팅 김새로미 홍보 반재서
발행처 김영사
등록 1979년 5월 17일(제406-2003-036호)
주소 경기도 파주시 문발로 197(문발동) 우편번호 10881
전화 마케팅부 031)955-3100, 편집부 031)955-3200 | 팩스 031)955-3111

값은 뒤표지에 있습니다.
ISBN 978-89-349-9249-3 03810

홈페이지 www.gimmyoung.com 블로그 blog.naver.com/gybook
인스타그램 instagram.com/gimmyoung 이메일 bestbook@gimmyoung.com

좋은 독자가 좋은 책을 만듭니다.
김영사는 독자 여러분의 의견에 항상 귀 기울이고 있습니다.

이 도서의 국립중앙도서관 출판예정도서목록(CIP)은 서지정보유통지원시스템 홈페이지
(http://seoji.nl.go.kr)와 국가자료공동목록시스템(http://www.nl.go.kr/kolisnet)에서
이용하실 수 있습니다.(CIP제어번호 : CIP2020018888)

김완 지음

죽은 자의
집 청소

김영사

문을 열고
첫 번째 스텝

양손에 납작하고 투박한 검은 상자 두 개를 들고 있습니다. 버튼을 누르고, 저 높은 곳에 머무는 엘리베이터가 내가 서 있는 일 층까지 내려오길 잠자코 기다립니다. 현장에 처음 방문하는 날이면 엘리베이터는 아득한 곳에 기거하는 낯선 존재로 느껴집니다. 습관적으로 몇 번이나 고개를 들어 두 자리였던 붉은 숫자가 점점 겸손하고 낮은 숫자가 되는 모습을 지켜봅니다. 시선은 문 위의 숫자를 향하지만 그 숫자 하나하나의 의미가 마음에 스미지는 않습니다. 어쩌면 엘리베이터 앞에서의 시간이란 모든 이에게 그런 방식으로 공평하게 흘러가는지도 모르겠군요. 지난달에 돌아가신 당신도 생전에 바로 이 문 앞에서, 짧은 순간이지만 이어보면 꽤 오랜 시간을 보냈겠죠. 서로 누군지도 모르는 우리는 이 시간을 공유하기 시작했습니다.

두께 사 밀리미터의 강인한 폴리프로필렌으로 만들어진 상자 안에는 여러 가지 보호 장구가 들어 있습니다. 파란색 수술용 글러브와 역시 파란색 신발 덮개, 그 안에 덧신는 투명한 파란색 비닐로 만들어진 또 다른 신발 덮개, 하얀색 방진마스크와 연한 회색의 방독마스크, 그리고 현관문을 여는 데 요긴한 공구 따위가 손잡이가 달린 두 상자에 나누어져 담겨 있습니다. 이런 보호 장구들은 나 같은 직업을 가진 사람에게는 또 하나의 피부와 같습니다. 콘돔이 생명의 잉태를 막듯 이런 보호 장구의 얇은 막이 나를 감염과 오염, 죽음의 위협으로부터 막아준다고 믿습니다.

낯선 존재였던 엘리베이터는 선뜻 좌우로 품을 열고 정해진 층까지 나와 함께 동반 상승합니다. 이때 코는 어느 때보다 예민해져서 무심코 그 안에서 뭔가를 수색하기 시작합니다. 나이 지긋한 남자가 쓸 법한 고전적인 화장수 향기, 막 배달된 피자 냄새, 음식물 쓰레기봉투가 머문 듯 아련하고 퀴퀴한 냄새…. 밀폐된 공간에서 후각의 추적 능력이 한껏 고양되었음을 깨닫습니다. 엘리베이터가 문을 열어 나를 내보내고서 이 추적은 더없이 집요해집니다. 사실 내 일은 살아 있는 사람을 괴롭히는, 죽은 사람이 만든 냄새가 가져다줍니다. 그 냄새를 극적으로 없앴을 때 내 비즈니스는 성공하지요. 대가로 살아 있는 사람이 나에게 돈을 지급합니다.

용서하세요, 문 앞에 도착하더라도 애써 예의를 갖춰 벨을 누르지는 않겠습니다. 저 안에서 기다리는 것은 당신이 아니라 당신이 남긴 것이니까요. 조심스레 검은 상자를 열어 신발 덮개를 신고 수술용 글러브를 양손에 끼우고는 행여나 빈틈이나 헐거운 구석은 없는지 매만져봅니다. 냄새를 여과 없이 제대로 맡는 것, 그 사실적인 측정이 이 일의 세부적인 과정을 계획하고 성공적으로 완수하는 데 기준이 되기에 이때만큼은 코를 가리는 어떤 종류의 마스크도 쓰지 않습니다. 이제 나는 완전범죄를 계획한 자처럼 지문도, 발자국도, 어떤 흔적도 남기지 않을 것입니다. 언제나 드나들던 곳처럼 자연스레 손잡이를 잡아 비틀고 서슴없이 집 안으로 들어설 작정입니다.

문을 열고 비로소 첫 번째 스텝을 밟습니다. 습관적으로 되풀이하는 '초연하자'는 각오가 무색하게 내 코는 이미 죽은 이가 남긴 냄새에 잠식되었고, 심장 언저리에는 어둡고 축축한 그림자가 드리웠습니다. 스위치를 찾아 전등을 켜지만 이 순간만큼은 마음에 빛이 들어오지 않습니다. 태초에 빛이 있기나 했는지, 가로등이 없는 심야의 지방도로 위를 비추는 자동차 전조등의 세계처럼 시야가 좁아졌습니다. 목구멍은 바람이 소금 사막을 스치듯 바삭거립니다. 문득 내가 해저를 느리게 유영하는 심해어 같다는 생각을 합니다. 냄새의 진원지는 실낱 같은 빛이 비치는 곳. 물고기는 어둠 속에서 그 희붐한 빛을 향해 천천히 헤엄쳐 가야 합니다. 모래에 감춰진 산호나 심해 곳곳에 좌초된 난파선의 뾰족한 잔해에 찔리지 않도록 가능한 한 느리게 나아갈 것.

눈 어둡고 심약한 물고기여,
두려움을 헤치고 그곳에 가야만
비로소 이 지독한 심해의 압력에서 해방될 수 있다.

죽은 사람이 오래 방치된 바닥은 으레 기름 막으로 덮여 있어서 미끄러지지 않도록 신경을 곤두세워 앞으로 걸어갑니다. 그 방은 바로 당신이 숨을 거둔 곳입니다.

당신은 없지만 육체가 남긴 조각들이 천연덕스레 기다립

니다. 침대 위엔 몸의 크기를 과장해서 알려주는 검붉은 얼룩이 말라붙어 있습니다. 베개엔 살아 있을 때 당신의 뒤통수를 이루었을 피부가 반백의 머리카락과 함께 말라붙어 있습니다. 천장과 벽엔 비대해진 파리들이 달라붙은 채 소리 없이 손바닥을 비비고 있겠죠. 이불을 들추면 마침내 젖과 꿀이 흐르는 따뜻한 안식처를 찾아낸 구더기 떼가 뒤엉켜 서로 몸을 들비빕니다. 구더기들이 온몸을 흔들며 춤추는 광경을 보고 있자면 알코올이 담긴 유리 단지 속에서 영원히 박제된 것만 같았던 나의 뇌가 온기를 되찾아 꿈틀거리기 시작합니다. 좁아졌던 시야가 비로소 터널을 벗어난 듯 밝게 열리고, 내가 이곳에 방문한 이유가 선명하게 떠오릅니다. 이곳에서 새로이 탄생한 작은 생명체들은 나에게 스텝을 또 다른 방향으로 옮길 때를 알려줍니다.

방에서 나와 이 집에서 들어내야 할 살림 규모를 파악하기 위해 집 구석구석을 탐색하기 시작합니다. 거실을 거쳐 베란다로, 화장실을 거쳐 또 다른 방으로, 부엌을 거쳐 현관 신발장으로 걸음을 옮깁니다. 그 스텝은 빠르고 직선적이죠. 이미 심장에 드리웠던 그림자는 흔적도 없이 사라졌습니다. 심장을 옥죄던 어둠은 '실체의 구체적인 직시'라는 강렬한 태양을 만나면 언제 그랬냐는 듯 자취를 감추곤 합니다.

두려움은 언제나 내 안에서 비롯되어 내 안으로 사라집니다. 한 번도 저 바깥에 있지 않았습니다.

여기에서 당신은 홀로 숨을 거두었고, 꽤 오랫동안 그대로 머물렀고, 오늘부터 나는 남겨진 흔적을 요령껏 지울 것입니다. 이제 현관문을 열고 나가 일 층으로 내려가야 합니다. 그곳에는 장례를 막 치르고 돌아왔을 당신의 딸이 기다리고 있습니다. 엘리베이터를 기다리는 동안 그녀에게 어떤 말부터 꺼낼지 미리 생각해둬야 합니다.

자, 이제 전등을 끄겠습니다.

1장

홀로 떠난 곳을
청소하며

캠핑
라이프

이른 저녁 식사를 마치고 막 해가 저물 무렵에 전화가 걸려왔다. 부동산 중개인은 자살한 젊은 여성의 원룸을 맡기고 싶다며 이것저것 물어보더니 조심스레 말을 덧붙인다. "좀 특이한 점이 있는데, 그렇다고 골치 아픈 것은 아니고, 어차피 가보시면 알게 될 테지만, 아무튼 살림도 없는 간단한 집이니 잘 부탁드립니다." 그런 말을 덧붙이면서도 목소리는 차분했고, 사무적이지만 차갑지 않은 적정 온도를 유지하고 있어서 굳이 더 캐묻지 않았다. 상대가 상황을 설명하기 위해 이십 분 넘게 시간을 할애해도 막상 맞닥뜨리는 현장 상황은 그 설명과는 딴판인 경우가 있고, 짧은 몇 마디와 절제된 표현만으로도 현실을 적확하게 제대로 암시한 경우도 있다. 쉰을 갓 넘은 듯한 부동산 중개인은 고객이 알아듣기 쉽게 매물에 대해 묘사하는 능력을 오랜 시간 터득해왔을 것이다.

전날 늦은 밤부터 내리던 비는 우리가 출발한 새벽보다 잦아들었지만 여전히 그치지는 않았다. 미끄럼 방지턱이 없는 좁은 대리석 계단을 통해 무거운 짐을 내리며 넘어지지 말아야겠다고 다짐했다. 디지털 도어록은 이미 반들반들하게 광택이 나는 새 제품으로 바뀌어 있고, 부동산 중개인이 알려준 대로 번호를 누르자 옆집에서도 들릴 만큼 명쾌한 잠금 해제 신호음이 울렸다. 이번엔 나조차 들리지 않도록 소리를 죽인 채 큰 숨을 한 번 들이쉬고는 손잡이를 비틀고 집에 들어섰다. 섬유유연제의 라벤더 향과 사람이 부패하며 만들어낸 것이 뒤엉켜 불쾌하면서도 달콤한 냄새가 코에 스며들었다.

어둠 속에서 손을 뻗어 전등을 켰을 때 눈앞에 펼쳐진 예상 밖의 광경에, 곤두섰던 신경은 금세 놀라움이라는 감정 뒤로 밀려났다. 자살 현장에서 뜻밖에 마주한 캠핑장. 연분홍색 텐트가 방 한가운데 둥그렇게 세워져 있다. 입구에는 소주병 예닐곱 개가 놓여 있고, 텐트 안에 두꺼운 에어매트가 팽팽하게 부풀어 있다. 누가 봐도 이곳은 잠시 머물고자 꾸린 거처이다. 방이라는 공간에 놓여 이상하게 보일 뿐, 그대로 강변의 자갈밭이나 숲으로 옮겨놓아도 이상할 것이 없는 풍경이다. 주변엔 티브이도, 화장대도 없다. 입주자의 냄새를 풍기는 것은 흔히 행어라고 부르는, 천장과 바닥을 잇는 여러 개의 금속 봉으로 이루어진 옷 보관 랙뿐이다.

베란다에는 이사 목적으로 사용하는 노란색 폴리프로필렌 박스 여러 개가 납작하게 접힌 채 세워져 있다. 숫자를 세어보니 다섯 개. 모서리에 필라멘트 테이프가 금방이라도 떨어질 듯 아슬아슬하게 붙어 있는 것이, 벌써 여러 차례 이사하며 사용한 모양새이다. 그녀의 모든 살림은 이 다섯 개의 노란색 상자에 고스란히 담겨, 정식 이사업체가 아닌 개인이 운전하는 경화물차나 작은 승합차로 옮겨져 고시원에서 원룸으로, 지하 방에서 계단이 많은 지상의 집으로 전전했을 것이다.

텐트와 화장실 입구 사이 장판에 혈액이 말라붙어 있다. 불쾌한 라벤더 향을 견디며 조심스레 엎드려 바닥을 닦아낸다. 화장실 전등 스위치가 있는 벽면에도 피가 말라붙어 있다. 그녀는 화장실 위 천장에 연결된 도시가스 공급 관에 목을 매고 스스로 목숨을 저버린 것이다. 바닥을 닦다가 앉은 채로 잠시 천장의 가스관을 올려다본다. 문득 내가 그녀의 시점으로 이 공간을 내려보는 듯하다. 저기에 매달렸다면 그녀가 생에서 마지막으로 본 광경은 잠시 뒤에 내가 분해하려는 바로 저 텐트의 정수리였을 것이다. 시도, 철도 모르고 찾아오는 인간의 상상이란 잔인하다. 모든 살림을 한눈에 내려다보며 삶을 끝내려는 그녀는 어떤 심정이었을까?

친구여, 이 모든 것이 그저 어느 날 당신과 내가 함께 꾼, 깨고 나서 돌아보면 웃어넘길 한낱 부질없는 꿈이었다고 말하자.

가방 속에서 이력서가 발견되었다. 그녀는 고등학교 졸업과 동시에 대기업 휴대전화 부품 공장에서 일했다. 오 년을 근속하고 또 다른 대기업 공장으로 옮겨 또 몇 년 동안 일했다. 이 년 뒤 서른이 될 나이다. 단색 배경에 표정 없는 증명사진, 한 반에 동명이인이 꼭 한 명은 있을 것 같은 흔한 이름. 이력이라곤 단 몇 줄뿐, 여백을 많이 남긴 이력서는 그녀가 짓는 풍부한 표정과 좋아하는 음식과 오랫동안 따라 부른 노래와 닮고 싶었던 사람과 사랑하는 친구의 옆모습에 대한 기억은 담아내지 못한다.

텐트 뒤에서 책 몇 권을 발견했다. 이 세상에 캠핑을 온 것처럼 실로 간단한 살림을 꾸리면서도 그녀의 곁을 지켜 준 책이 무엇일까 궁금했다.

《아무것도 하지 않을 권리》
《참 소중한 너라서》
《행복이 머무는 순간들》

《아주, 조금 울었다》

《내 마음도 모르면서》

    모두 마음의 위로가 필요한 사람을 위한 책이다. 서점에서 이 책들을 발견하고 집 혹은 집이라 불리는 캠핑장에서 읽기 위해 값을 치르며 그녀는 어떤 생각을 했을까? 텐트 안 램프에 불을 밝히고 문장을 읽어나가며 그녀는 어떤 마음이었을까? 누군가 그녀의 마음을 알아주고 이해했다면 스스로 삶을 저버리겠단 생각 따위는 하지 않고, 어느덧 서른을 맞이하고, 소중한 '너'를 만나 사랑에 빠지고, 가끔은 울기도 하겠지만 행복한 시간 속에 머물며 살아갈 수 있었을까? 아무것도 하지 않아도 삶을 온전히 영위할 수 있다는 사실에 안도하면서….

    내 마음도 모르면서, 내 마음도 모르면서….

    그녀 마음의 아주 사소한 것조차 제대로 알지 못하는 나는 동료가 알아채지 못하게 눈물을 훔치고 책들을 서둘러 자루에 쏟아부었다. 오늘 이마저 사라지고 완전히 텅 비워질 이곳에도 어김없이 찾아올 밤과 어둠이 야속하다.

분리수거

정말 이 안에서 사람이 죽은 채 석 달이 흘렀을까?

삼 층 현관문 앞에 도착했을 때 나를 기다리는 것은 복도만큼 기다란 어둠과 정적뿐이었다. 설명을 미리 듣고 오지 않았다면 이 안에서 무슨 일이 일어났는지 아무런 낌새도 알아챌 수 없었을 것이다. 문 앞에서도 죽은 자의 응당한 자기소개 같은 냄새가 나지 않았다. 복도의 막다른 벽에 붙은, 시간을 두고 이따금 분사되는 방향제의 레몬 냄새가 어슴푸레 느껴질 뿐이었다.

건물은 일 층이 들어설 공간에 '필로티piloti'라고 부르는 육중한 기둥을 세워 주차장을 만든, 전형적인 도시형 생활주택이다. 층마다 복도를 사이에 두고 총 여섯 개의 원룸이 좌우로 마주 보는 구조. 이 좁다란 건물에 스무 세대가 넘는 독립 가구가 있다는 사실이 놀랍다. 이 건물과 어깨동무하는 주변 건물도 구조가 엇비슷하다. 이 건물은 거대한 공장단지를 둥그스름하게 에워싼 원룸촌의 남쪽 테두리에 자리

잡고 있다.

　여섯 개의 숫자를 누르자 신호음과 함께 현관문 잠금장치가 열린다. 문을 열자마자 복도의 공기와 상반되는 역한 냄새가 강렬하게, 마치 감당 못할 만큼 많은 양의 고추냉이가 든 초밥을 삼킬 때처럼 코 윗부분까지 순식간에 뚫고 올라온다. 들어서서 급히 문을 닫는다. 내게 일을 맡긴 건물주가 통화를 하며 누누이 부탁한 말이 떠오른다.

　—아직 아무도 모릅니다. 알면 다 빠져나가요. 절대로 그
　　건물에 사는 누구도 알게 해선 안 됩니다.

　우선 본능적으로 발길이 창문으로 향한다. 숨부터 좀 쉬자. 상황 파악은 그다음이다. 하지만 창문은 생각처럼 쉽게 열리지 않는다. 청록색 천면테이프를 직사각형의 창틀 사방으로 꼼꼼하게 붙였기 때문이다. 바깥 공기가 통하지 않도록 일부러 막아놓은 것이다. 칼을 꺼내 테이프의 한 귀퉁이를 일으켜 세우곤 양손의 엄지와 검지로 붙잡아 힘주어 천천히 잡아당긴다. "드으윽" 하는 소리와 함께 테이프가 힘겹게 뜯겨나간다. 그 자리에는 가로세로로 촘촘히 직조

된 망사가 여분의 본드에 붙어서 뚜렷하게 존재를 남긴다. 창문을 열자 그제야 제대로 숨을 쉴 수 있었다. 자비 없는 세상을 원망하고 죽은 인간조차도 그 자리에 방치된 채 오랫동안 썩어갔다면 그 냄새는 자비가 없다.

　죽은 이가 만들어놓은 완벽한 밀실. 착화탄으로 자신을 실수 없이 죽이기 위해 철저히 준비했다. 현관문의 좌우와 위아래 틈 역시 청록색 천면테이프로 꼼꼼하게 막아놓았다. 문 아래 우유나 신문을 넣을 수 있는 원형 투입구도 테이프를 가로로 여러 겹 붙여서 막았다. 화장실의 배수구와 환풍기를 비롯하여 가스레인지 위의 팬이나 싱크대의 배수구까지, 집 안의 모든 구멍을 찾아서 완벽하게 틀어막았다. 신중하게 단추를 채우듯 밀폐 과정을 하나하나 거치고, 화장실 바닥에 캠핑용 간이 화로를 놓고 착화탄 여러 개를 얹어 불을 피웠으리라.

　침대 매트리스엔 검은색 눈사람처럼 맞붙은 원형 핏자국 두 개가 선명하고, 갈색 스타킹을 벗어놓은 것처럼 길쭉한 피부 조직이 오그라든 채 들러붙어 있다. 거울 앞에 놓인 여러 화장품 용기 사이에 사진이 어디론가 사라진 두 개의 빈 액자가 세워져 있다.

화장실 바닥에 흩어져 있는 착화탄 재를 쓸어 담으며 문득 떠오른 생각.

'화로 근처에 있어야 할 라이터 같은 점화장치가 없다.'

토치램프나 하다못해 제과점 성냥조차 없이 무슨 방법으로 불을 붙였을까? 여느 착화탄 자살 현장에 비하면 화로 주변이 너무 깨끗하다. 구조대원이나 경찰의 현장 감식반이 앞서 다녀갔을 테지만 자살 현장에서 그런 것을 치우는 경우는 단 한 번도 본 적이 없다. 오히려 시체를 수습하느라 사용한 보호 장갑이나 신발 덮개, 거즈 따위의 소모품을 바닥에 버려두고 가는 것이 다반사. 쓰레기를 만들고 가는 일은 있어도 줄이고 가는 일은 없다. 집주인은 이곳에 유족조차 다녀가지 않았다고 했다.

의문은 현관문 왼쪽에 놓인 가정용 분리수거함을 정리하며 풀렸다. 재활용품과 쓰레기를 구분해두기 위해 네 칸으로 나누어진 수거함에 사라진 모든 것이 들어 있었다. 불을 피우는 데 쓴 금속 토치램프와 부탄가스 캔은 철 종류를 모으는 칸에, 화로의 포장지와 택배 상자는 납작하게 접힌 채 종이 칸에, 또 부탄가스 캔의 빨간 노즐 마개는 플라스틱 칸에 착실하게 담겨 있었다.

자살 직전의 분리수거라니, 이게 정말 가능한 일인가? 이전에 다른 자살자의 집에서 번개탄 껍질을 정리해둔 광경을 본 적은 있지만, 이것은 너무나 본격적이다. 스스로 목숨을 끊겠다고 착화탄에 불을 붙이고 연기가 피어오르는 중에 이런 것들을 하나하나 정리했다고? 그 상황에서 대체 무슨 심정으로? 자기 죽음 앞에서조차 이렇게 초연한 공중도덕가가 존재할 수 있는가. 얼마나 막강한 도덕과 율법이 있기에 죽음을 앞둔 사람마저 이토록 무자비하게 몰아붙였는가.

유품을 담은 봉지와 마대를 주차장으로 내릴 때 오십 대 중반으로 보이는 키 작은 남자가 먼발치에서 바라보다가 다가왔다. 나에게 유품정리업체에서 왔냐고 묻고는 자신을 이 건물의 계단 청소를 맡은 사람이라고 소개했다.

— 서른 살이나 됐을까? 착한 분이었어요. 인사성도 바르고. 맨날 고맙습니다, 고맙습니다, 입에 달고 사는 사람인데….

갑자기 말을 쏟아내는 그를 데리고 서둘러 주차장 밖으로 나갔다.

— 매년 설날과 추석엔 양말이나 식용유 세트 같은 것을 준
  비해서 주곤 했어요.
— 알던 분이셨군요. 뭐라 위로해드릴 말이 없네요. 그런데
  우리 이야기를 누가 들으면 안 되니 목소리를 조금만 낮
  춰주세요.
— 예, 저도 알아요. 집주인도 제정신이 아니죠? 자기가 열
  쇠로 문을 따고 집 안을 봤으니까요. 저는 그 아가씨가
  몇 달 안 보이기에 이사 갔거니 했죠. 말없이 떠날 사람
  은 아니라고 생각해서 좀 섭섭했는데…. 지난주에 제가
  청소하러 왔을 때 저기서 구조대원들이 들것을 들고 내
  려오더라고요. 가려져 있으니까, 나는 그게 사람이라고
  는 생각하지 못했어요. 개나 고양이? 사람이라고 하기엔
  너무 작았으니까요. 구조대원이 떠나고 나서야 집주인
  이 내려와서 301호 여자가 죽었다고 했죠.

사내는 담배 하나를 꺼내들고 불을 붙이는 것도 잊은 채
계속 말을 이었다.

— 아무튼, 정성껏 잘 정리해주세요. 남 일 같지가 않아서
  하는 말이에요. 그런 사람이 잘살아야 하는데…. 진짜 남

일 같지 않아요.

 건물 청소를 하는 이가 전하는 그녀는 너무나 착한 사람
이었다. 그 착한 여인은 어쩌면 스스로에게는 착한 사람이
되지 못하고 결국 자신을 죽인 사람이 되어 생을 마쳤다. 억
울함과 비통함이 쌓이고 쌓여도 타인에게는 싫은 소리 한
마디 못하고, 남에겐 화살 하나 겨누지 못하고 도리어 자기
자신을 향해 과녁을 되돌려 쏘았을지도 모른다. 자신을 죽
일 도구마저 끝내 분리해서 버린 그 착하고 바른 심성을 왜
자기 자신에겐 돌려주지 못했을까? 왜 자신에게만은 친절
한 사람이 되지 못했을까? 오히려 그 바른 마음이 날카로운
바늘이자 강박이 되어 그녀를 부단히 찔러온 것은 아닐까?

 종량제 봉투는 착화탄에서 벗겨낸 포장지와 병원에서 받
았을 수십 장의 약 봉투로 채워져 있었다. 앨범과 액자에서
빼냈을 수많은 사진의 모서리가 뾰족한 톱니가 되어 봉투
를 뚫고 나갈 듯 날카롭게 찌른다. 그 모든 것이 죽기 전에
스스로 정리한 것이리라. 그녀의 못다 한 이야기, 한숨과 절
망 가득한 사연이 작은 봉투에 고스란히 담긴 것만 같다.

어떤 날은 이 세상의 온갖 알 수 없는 사연이 바람에 실려와 잎이라곤 모두 떨어지고 앙상한 가지만 남은 내 마음을 세차게 흔든다. 그런 날은 작은 봉투 하나 버리는 일조차 버겁다.

착하고 바른 심성을 왜 자기 자신에겐 돌려주지 못했을까?
왜 자신에게만은 친절한 사람이 되지 못했을까?

오히려 그 바른 마음이 날카로운 바늘이자 강박이 되어
그녀를 부단히 찔러온 것은 아닐까?

꽃 좋은 곳으로 가,
언니

봄이 간다는 기별도 없이 종적을 감추고 한 걸음 서둘러 여름의 더위를 불러낸 유월이었다. 아침부터 습기가 자욱하더니 점심이 지나자 햇빛을 거두지도 못하고 부슬부슬 여우비가 내리기 시작했다. 오수의 달콤한 유혹이 몰려올 무렵, 휴대전화에 저장된 번호로 전화가 걸려왔다. 지난해 어느 신문 지면에 난 내 인터뷰 기사를 보고는 "우리 시댁 식구 일인데…"라고 말을 꺼내며 쓰레기가 극단적으로 많은 집도 정리해줄 수 있는지 물어본 사람이다. 기사를 봤다며 연락하는 경우는 흔하지 않은 일이라 번호를 저장하며 따로 메모를 덧붙인 기억이 난다. 첫 번째 통화를 하고 반년이 훨씬 지나고 나서야 다시 전화를 걸어온 것이다. 예사롭지 않다.

— 네, 기억하죠. 아직 해결이 안 됐나요?
— 그동안 여러 가지 일이 있어서요. 시어머니께서 세입자가 만든 문제로 골치 아프시다는데 혹시 방문해서 집 상태를 봐주실 수 있나요? 이제 사는 사람은 없고, 문도 잠

겨 있지 않아요.

붉은색 벽돌로 만들어진 삼사 층 높이의 엇비슷한 모습의 연립주택으로 빽빽하게 들어찬 언덕배기. 이른바 주택 과밀지역이다. 주차할 곳도 찾기 힘들고, 어렵사리 차를 세우고도 밀려 내려가지 않도록 바퀴 아래 큼직한 돌덩이를 괴어야 안심할 수 있는 비탈길이다. 어린아이가 창문을 열고 팔을 뻗으면 옆 건물에 닿을 것만 같다. 휴대전화에 지도 앱을 띄워놓고도, 복제한 듯 똑같이 생긴 골목과 골목 사이에서 그 지하 방을 찾기란 쉽지 않다. 전신주 아래엔 길고양이의 습격으로 배가 터진 음식물 쓰레기봉투가 널브러져 있고, 그 위엔 살이 오른 파리들이 가느다란 빗줄기에도 아랑곳하지 않고 영역을 수호하듯 윙윙거리며 맴돈다.

손잡이는 돌아가는데 문은 열리지 않는다. 당겨도 보고 살짝 밀어도 본다. 고장인가 싶어 급한 대로 작은 쇠 지렛대를 문틈에 끼워서 젖혀본다. 그러자 문이 안쪽으로 열리며 틈이 벌어진다. 그 사이로 들여다보니 쓰레기 더미와 택배 상자가 문이 열릴 수 없을 정도로 천장까지 가득 쌓여서 버티고 있다. 세입자는 어떻게 이 문을 열고 탈출했을까? 이

샅짐도 하나 없이 사람만 틈새로 빠져나갔다는 뜻일까?

방호복을 덧입고, 플래시를 켜서 한 손에 들고는 열린 문틈으로 먼저 발 하나를 들여놓는다. 마음 단단히 먹자. 용을 잡으러 던전에 들어서는 검투사의 투구라도 빌려온다면 좀 침착해질 수 있을까? 어둠 속에서 왼손으론 거미줄을 걷어내며 이리저리 빛을 비춰본다. 누군가의 집이 아니라 거대한 쓰레기통 안에 들어온 것 같다. 오래 침잠해 있던 수많은 쓰레기는 내가 들어서자 케케묵은 먼지를 일으켜 환영 인사를 건넨다. 먼지라기엔 밀도가 높아서 차라리 모래 공기라고 불러야 할 것 같다. 오늘 황사의 진원지는 고비사막이 아니라 대한민국, 어둠 속의 반지하 주택이다.

전등 스위치를 켰지만 전원차단기를 내려놓았는지 집 안의 어떤 조명도 켜지지 않는다. 방 두 개와 거실엔 쓰레기와 엉망이 된 세간이 가득 차 있다. 사람이 여기 살았다고? 누워 잠을 청할 만한 공간조차 없는데? 주의를 기울여보니 안방의 쓰레기 더미 위에 무언가가 내가 비춘 플래시 조명을 반사하며 빛난다. 좀 더 다가가 살펴보니 피크닉용 은박 돗자리다. 가운데가 움푹한 모습을 보아 어쩌면 여기에 누워 잠을 청했을지도 모른다. 여긴 사람이 머물 만한 공간이 아니다. 쥐가 이곳을 터전 삼아 살아간다 해도 과연 설치류의 평균 수명만큼 살 수 있다고 낙관할 수 있을까?

이제 전원차단기를 찾아봐야겠다. 이 상황에서 전기마저 없다면 할 수 있는 일은 없다. 신발장 문을 열자 비밀리에 화투판을 벌이다가 발각된 도박꾼들처럼 바퀴벌레 서너 마리가 후드득 앞다투어 빠져나가고, 미처 챙기지 못한 채 두고 간 판돈처럼 두꺼비집이 얌전히 기다리고 있다. 빛을 제대로 비춰보니 스위치는 모두 위로 올려진 상태. 내부 전원차단기의 문제가 아니라 아예 원천적으로 외부의 전기공급이 끊어졌다는 의미다. 한층 암담해진다. 그런데도 여기 진짜 사람이 살았다고?

한국전력공사에 전화를 걸어 미납요금이 있다면 당장 이체할 테니 한시라도 빨리 전기를 공급해달라고 요청했다. 막힘없는 태도로 상냥하게 응대하던 상담원은 납부자 번호를 조회하곤 사뭇 어두워진 목소리로 말을 이어갔다.

— 고객님, 오래 기다려주셔서 감사합니다. 그 세대는 요금이 미납된 지 오래되어 여러 차례 예고해드린 대로 전기공급을 중단했습니다. 또 전기공급이 중단된 지도 오래되어 규정에 따라 건물에 설치된 세대별 전기계량기를

철거했습니다. 가까운 사업소에 내방하셔서 계량기 설치 공사 일정을 따로 잡으셔야 합니다. 전기는 그 이후에 바로 사용하실 수 있습니다.

상담원과 통화를 마치고, 어둠 속에서 촬영하느라 초점도 잘 맞지 않고 형태가 흐릿한 사진 몇 장을 의뢰인에게 보냈다. 그러자 그녀가 곧바로 전화를 걸어와, 도리어 나에게 이 사진 속 정체가 무엇인지 되물었다. 보고도 실감이 나지 않는 모양이다. 상상 밖의 일이란 소설이나 영화처럼 일정한 의도에 따라 만들어진 허구 세계뿐만 아니라, 현실 세계에서 아무런 의도 없이도 매우 구체적이고 엄연하게 벌어지기도 한다. 암흑 속의 집 안 상태와 계량기가 철거된 자초지종을 길게 설명하는 동안 그녀는 휴대전화 저편에서 한마디 대꾸도 없이 듣는다. 침묵은 때때로 상대가 느끼는 감정의 무게를 줄이거나 보탬 없이 그대로 전하는 힘이 있다. 그녀는 나 같은 일을 하는 사람이 으레 듣곤 하는 "잘 부탁드립니다" 같은 말 대신 "도와주세요"라는 말을 건네고 전화를 끊었다.

계량기 설치 공사가 끝나길 마냥 기다릴 수만은 없어서

배터리로 불을 밝히는 조명도구를 준비해 다음 날 아침 일찍 그 집으로 향했다. 건물 일 층 현관 앞에 장비를 내려놓는 소리가 거슬렸는지 지하 맞은편 현관문이 열리고 일흔 살은 족히 넘어 보이는 할머니 한 분이 나와 대뜸 나를 향해 소리를 지른다.

— 아이고, 내가 죽겠어요! 이게 도대체 무슨 일이오. 그동안 옆집 여자 때문에 진짜 죽는 줄 알았어. 아이고, 냄새, 냄새!

일방적으로 악다구니를 치던 그녀는 대꾸 한마디 듣지 않고 문을 "쾅" 닫고 들어가 버린다. 앙칼진 목소리가 벌리고 간 마음의 틈은 순식간에 정적으로 메워진다. 한순간 멍해진다. 뭔가 시작도 하기 전에 갑자기 끝나버린 것 같은 기분마저 든다. 그런 생각을 하는데 또 "벌컥" 하고 문이 열린다.

— 그 앞에 있는 것들도 다 치워요. 어제도 치웠는데 이것들이 또 언제 갖다 놓았어? 재수가 없으려니….

그녀가 턱 끝을 치켜들어 가리킨 계단 구석에는 벽걸이

달력의 뒷면 같은 백지로 상단을 덮은 종이 상자가 놓여 있다. 어제 이 집을 보러 왔을 때는 없던 상자다. 뒤에서 또 한 번 "쾅" 하고 문이 닫힌다. 상자 위에는 시든 꽃 한 송이와 다 녹아내린 향초가 놓여 있다. 지나가던 누군가 지하까지 내려와서 버리고 간 쓰레기일까? 꽃을 버리고 가다니 이상하다. 하지만 잠자코 치우는 수밖에, 다른 선택지가 없다.

점심이 지나서야 집에 전기가 들어왔다. 어둠과 미명 속에서 쓰레기를 치우나, 선명하게 밝은 조명 아래에서 쓰레기를 치우나 쓰레기는 그저 쓰레기일 뿐, 치우는 과정이 즐거워지지 않는다. 이른 아침부터 끌어모은 쓰레기는 태양이 왜소해지고 산마루에 엉덩이를 앉힐 무렵에야 가까스로 모두 트럭에 실어 보냈다. 쓰레기는 사라졌지만 그 냄새가 우리가 입은 옷과 신발, 머리카락에 고스란히 남았다.

연이은 작업을 위해 다음 날 일찍 그 집에 도착했을 때 옆집 할머니가 또 나타나지는 않았다. 어제 우리가 온종일 지하에서 지상으로 오르락내리락하며 쓰레기가 든 마대 자루를 옮기는 모습을 보곤 아연실색하고 기가 질렸는지도 모른다. 하지만 어제 분명히 말끔히 치워놓은 계단 구석에는 또다시 꽃과 향초가 놓여 있다. 마치 천연덕스레 반복되는 데자뷔 같다. 이번엔 투명한 포장지에 싸인 노란 국화 다발이다. 꽃다발을 들어 올리자 꽃대 사이에 꽂혀 있던 메모가 바닥에 툭 떨어진다. 메모를 읽자니 어제처럼 또 한 번 멍해진다.

연이 언니, 미안해, 정말 너무 미안해,
미안해. 꽃 좋은 곳으로 가.

단순히 세 들어 살던 자가 쓰레기를 버려두고 야반도주한 것이 아니었단 말인가? 대체 무슨 일이 일어났던 걸까? 장마가 그치고 해가 비치나 싶어 하늘을 올려다봤더니 흩어지는 구름 더 높은 곳에서 적란운이 몰려오는 기분이다.

점심이 한참 지났을 때 의뢰인이 시어머니와 함께 집이 제대로 치워졌는지 확인하기 위해 찾아왔다. 국화 다발을 보여주었을 때는 아무 말도 하지 않다가 집을 다 둘러보고 떠나며 뜻밖의 이야기를 전해주었다.

지독한 우울증으로 오랫동안 집 밖에 나오지 못하고 칩거하던 세입자는 언젠가부터 월세를 내지 않았다. 집주인인 시어머니의 종용에도 이사도 가지 않고, 급기야 연락조차 받지 않았다. 직접 찾아가서 문을 두드려도 열어주기는

커녕 그 안에 정말 사람이 사는지조차 알 수 없는 상태였다고 한다. 세입자는 더 물러설 곳이 없었는지 결국 자살을 선택했고, 그 직전에 남자친구에게 메시지를 남겼다. 그는 연락을 받자마자 이 집으로 찾아와 쓰레기 더미 위에 죽은 그녀를 발견했다.

스스로 생을 마치고 장례식장조차 빌릴 방법이 없는 그녀를 위해 몇몇 지인이 밤마다 그녀가 살던 이 지하 집 문 앞에 찾아와 향초에 불을 밝히는 것으로 조문을 대신한 듯하다. 내가 어제 거둔 종이 상자는 그들이 계단 옆에 임시로 꾸린 빈소의 간이 분향대였던 셈이다.

문밖에 있던 꽃다발을 이제는 완전히 텅 빈 지하 주택의 창가로 옮긴다. 이 창가라면 오후 한때나마 해가 머물다 갈 것이다. 여기에선 골목을 지나가는 사람들의 걸음과 먹이를 구하러 바삐 길 건너는 고양이처럼, 쉼 없이 돌아가는 세상의 작은 부분일지언정 안심하고 바라볼 수 있다.

내가 집을 정리하기 위해 머무는 내일까지라도 어두운 계단 구석 말고 부디 여기 해와 달이 비치는 창가로 와서 당신의 친구들이 바친 아름다운 꽃 향기라도 맡고 가시라. 그리고 부디 꽃 좋은 곳에서 영원히….

가난한 자의
죽음

주로 가난한 이가 혼자 죽는 것 같다. 때때로 부유한 자가 혼자 살다가 자살하는 일도 있지만, 자살을 고독사의 범주에 포함하는 문제는 세계적인 인류학자들 사이에서도 의견이 분분하니 일단 논외로 하자. 고급 빌라나 호화 주택에 고가의 세간을 남긴 채, 이른바 금은보화에 둘러싸인 채 뒤늦게 발견된 고독사는 본 적이 없다.

부름을 받고 다다르는 곳곳에 가난과 고독의 그림자가 드리운다. 검게 색 바랜 빈곤의 잎사귀가 우수수 떨어져 도처에 널브러져 있는 것 같다. 내 시선이 오랫동안 가난에 물들어 무엇을 봐도 가난의 상징으로 여기는 것일까? 어떤 날은 죽은 이의 우편함에 꽂힌 채 아래를 향해 구부러진 고지서와 청구서마저 가난에 등이 휜 것처럼 보인다. 그 옆집의 고지서라고 하등 다를 바 없는 모습인데, 내 어딘가 틀에 박힌 생각이 그런 시선을 이끄는 것 같다.

내 인생에서 풍요와 번영은 닿을 수 없는 버스 창밖의 풍경처럼 멀리서 아득하게 흘러간다. 산등성이 위에 거대한 구름을 등진 태양의 황금빛 테두리처럼, 풍요는 언제나 아스라하고 머나먼 풍경으로 나를 굽어보지만 한 번도 그 구름을 밀치고 나타나 민낯을 보여주는 일이 없다.

가난에 눈이 멀어, 혹은 가난에 눈이 뜨여 그 어떤 것에서든 궁핍의 냄새를 찾아내는 데 솜씨를 발휘하는 청소부. 그 탁월한 솜씨가 행여나 가족에게 옮지는 않을까 늘 전전긍긍한다. 그의 시선 닿는 곳곳에서 가난의 상징이 기지개를 켜고 몸을 일으킬 준비를 한다. 그가 보는 세계에서 빈익빈貧益貧은 일상적이고 지당하다. 부익부富益富는 먼발치에서 그저 누군가 읊조리는 대로 들어만 봤을 뿐 일찍이 경험해 본 바가 없다. 가난은 가난과 어울려 다니며 또 다른 가난을 불러와 친구가 되고, 부는 부와 어울리며 또 다른 풍요를 불러오는 것 같다.

가난해지면 필연적으로 더 고독해지는가? 빈궁해진 자에게는 가족조차 연락을 끊나보다. 옆집에서 풍기는 이상한 냄새를 의아하게 여긴 이웃의 신고로 주검은 뒤늦게 발견되고 경찰은 그제야 사망의 원인을 규명하고 유족을 찾아 나선다. 혼자 죽은 채 방치되는 사건이 늘어나 일찍이 사회적

반향을 일으켰던 고독사 선진국 일본. 그 나라의 행정가들은 '고독'이라는 감정 판단이 들어간 어휘인 '고독사孤獨死' 대신 '고립사孤立死'라는 표현을 공식 용어로 쓴다. 죽은 이가 처한 '고립'이라는 사회적 상황에 더 주목한 것이다. 고독사를 고립사로 바꿔 부른다고 해서 죽은 이의 고독이 솜털만큼이라도 덜해지진 않는다. 냉정히 말해서, 죽은 이가 아니라 그것을 바라보는 자 편에서 마음의 무게와 부담감을 덜어보자는 시도이다.

나 같은 일을 하면서 유족이 시신 수습을 거부하는 상황을 보는 일은 별스럽지 않다. 진작 인연이 끊긴 가족과 생면부지의 먼 친척이 느닷없는 부음을 듣고는 "네, 제가 장례를 치르고 집을 정리하는 데 드는 모든 비용을 책임지겠습니다" 하고 선뜻 나서는 경우는 좀처럼 없다. '혹시 빚을 떠안지 않을까' 하며 빛의 속도로 재산 포기 각서를 쓴다.

가난한 자에게도 넉넉하다 뿐인가, 남아 넘쳐나는 것이 있다면 바로 우편물이다. 체납고지서와 독촉장, 가스와 수도와 전기를 끊겠다며 으름장을 놓는 미납요금 경고장, 경고한 대로 이제 공급을 중단했다는 최후통첩장이 우편함에 빽빽하게 꽂혀 있다. 현관문 앞엔 붉은 딱지 위에 노란 딱지, 또 다른 우편물이 도착했으니 기일 내 찾아가라는 흰색 딱지가 붙는다. 채권자는 시중 은행의 냉랭하지만 점잖은 얼굴에서 카드사와 캐피털 회사의 핏기 없는 얼굴로 바뀌고, 어느덧 대부업체의 험상궂은 얼굴로 바뀐다. 회수되지 못한 채권을 헐값에 사 모은 또 다른 채권자는 부지런히 독촉장을 보내고, 전화를 걸고, 불편한 걸음을 마다하지 않고 몸소 집으로 찾아와 벨을 누른다. 합법의 울타리 안팎으로 흰 발과 검은 발을 한 발씩 담근 채 교묘히 넘나들며 채무자를 압박하는 자들. 달리 생각해보면 가족은 연락을 끊어도 채권자는 끊임없이 안부를 묻는 셈이다. 빚 있는 자의 건강을 염려하는 사람은 혈육보다 오히려 채권자가 아닐까?

수십억 원대의 빚을 하루하루 열심히 일하며 갚아나간다고 용기 있게 고백한 가수 출신의 방송인에게 채권자들이 건강보조식품을 보내주며 응원한다는 얘기를 듣고는 마음이 복잡했다. 웃어야 할지 울어야 할지 모를 때는 차라리 웃는 편이 나을까? 돌려받을 돈이 있는 자는 그 누구보다 빚진 자가 건강하고 오래오래 살아 있길 바랄 것이다. 빚을 모조리 회수하는 그날까지.

한 젊은이가 목을 매어 자살했다는 청담동의 한 빌라 건물에 도착했다. 언뜻 보기엔 부촌의 언덕배기에 새로 지어 올린 전형적인 고급 빌라다. 건물 현관에 청소와 소독 장비를 내리고 뒤에 있는 주차장 쪽으로 돌아가자 여기저기 금이 간 붉은 벽돌과 군데군데 바스러진 시멘트로 마감한 낡은 벽면이 드러난다. 리모델링 공사를 거쳐 전면부를 갈아내고 실내마저 새것으로 바꿨지만, 어째서인지 건물의 뒤쪽까지는 손보지 않았다. 흡사 청년의 가면을 쓰고 턱시도까지 차려입은 노인이 굽은 허리를 짐짓 꼿꼿이 세운 채 안간힘을 쓰며 활보하는 핼러윈의 뒤안길처럼 쓸쓸하다.

그가 살던 202호 현관문에는 '전기공급 제한 예정알림'이라는 굵은 고딕체의 제목이 붙은 노란 딱지가 붙어 있다. 문구 전체가 인쇄된 다른 예고장과 달리 사인펜으로 직접 쓴 예정 일자가 눈에 띈다.

아마도 악성 체납요금 문제를 직접 처리할 담당자가 배

정되고, 그가 집까지 찾아와서 딱지를 붙이고 손수 날짜를 써놓고 간 것이리라. 날짜를 보자 문득 머릿속에 무언가 희붐하게 떠올랐다. 건물관리 회사 직원이 내게 일러준 주검 수습 날짜를 놓고 셈해보니, 전기공급 중단 예정일과 그가 스스로 목숨을 끊은 날이 겹친다. 희미했던 것이 명료해진다. 그 사실을 깨닫자마자 내 마음은 운동장만큼 거대한 응달 속으로 빠르게 접어든다. 이 비정한 도시에서는 전기가 끊어지면 삶도 끝나는 것일까? 독촉이 이어지다 마침내 전기가 끊긴 날, 그는 사람 키보다 높은 냉장고 앞에서 목을 매고 스스로 목숨을 끊었다. 대한민국에서 생산되지 않은 자동차가 대한민국에서 가장 많이 주차된 지역, 주거비가 비싸기로 소문난 이 동네에도 경제적인 결핍은 어김없이 찾아왔다. 가난은 차별도 경계도 없다. 모든 생명체에 들이 닥치는 죽음처럼….

이 죽음을 순수한 자살로 받아들여야 할까? 목숨을 끊은 것은 분명 자신이겠지만, 이 도시에서 전기를 끊는 행위는 결국 죽어서 해결하라는 무언의 권유 타살은 아닐까? 체납요금을 회수하기 위해 마침내 전기를 끊는 방법, 정녕 국가는 유지와 번영을 위해 그런 시스템을 용인할 수밖에 없는가?

주로 가난한 이가 혼자 죽는 것 같다. 그리고 가난해지면 더욱 외로워지는 듯하다. 가난과 외로움은 사이좋은 오랜 벗처럼 어깨를 맞대고 함께 이 세계를 순례하는 것 같다. 현자가 있어, 이 생각이 그저 가난에 눈이 먼 자의 틀에 박힌 시선에 불과하다고 깨우쳐주면 좋으련만.

생사를 놓고 고민할 만큼 인간을 궁지로 몰아붙인 지대하고 심각한 문제들. 죽은 이의 마지막 순간, 마지막 머문 곳까지 찾아와 암울하고 축축한 얼룩으로 물들인 가난이나 외로움 따위는 죽음의 문을 넘는 순간부터 아무런 가치도 없어지고, 그 아무리 중차대한 것조차 하찮게 웃어넘길 수 있는 것이 돼버린다면 참 기쁠 것 같다.

가난한 자들의 낡고 해묵은 살림을 치우다가 한순간 생각을 돌려서, 이제는 죽어서 홀가분해지고 비로소 걱정이 사라져 순순해졌을 얼굴을 떠올려본다. 그저 코미디 영화의 한 장면 같은 상상이다. 그렇게 생각하면 어느새 마음이 편안해지고 '흥, 내 가난 따위야 잠시 머물다 가는 구름 같은 것일 테지' 하며 걸음이 가벼워진다. 어떤 날은 예기치 않게 바람이 불어와 구름이 걷히고 태양이 "쑥" 하고 뜻밖에 민낯을 내밀 때도 있다고 반쯤 믿고 싶다.

가난하다고 너무 심각해지지 말자. 그대가 현자라면 언

제나 심각한 사람이 손해라는 것쯤은 깨달았으리라. 어차피 지갑이 홀쭉하나 배불러 터지나 지금 웃고 있다면 그 순간만은 행복하고, 인간이라면 누구나 죽는다는 사실만큼은 절대 변하지 않는다.

주로 가난한 이가 혼자 죽는 것 같다.
그리고 가난해지면 더욱 외로워지는 듯하다.

가난과 외로움은 사이좋은 오랜 벗처럼 어깨를 맞대고
함께 이 세계를 순례하는 것 같다.

황금이여,
언젠가는
돌처럼

"이 산을 명하여 여기서 저기로 옮겨지라 하면 옮겨질 것이요"[1]라는 성경 구절이 진짜 기적처럼 이루어지리란 믿음을 간절히 품고 나를 초대하는 사람들이 있다. 집 안에 쓰레기를 모으고 버리지 않는 사람들인데, 쓰레기를 쌓고 또 쌓다가 결국 집 안에 작은 언덕과 산을 만들고는 이사를 앞두고 전전긍긍하다 결국 나 같은 청소업자를 부른다. 나는 부름에 따라 어디든지 기꺼이 찾아가서 강철로 만들어진 특제 쓰레받기를 굴착기의 버킷처럼 요령껏 휘두르며 쓰레기의 산을 깎고 포대에 주워 담아서 다른 곳으로 옮긴다.

말이 쉽지, 기적이 일어나지 않는 한 쓰레기를 퍼 담고 치우는 과정은 치열하고 고통스럽다. 에베레스트에 오르는 조

----

1   마태복음 17장 20절: 이르시되 너희 믿음이 작은 까닭이니라. 진실로 너희에게 이르노니 만일 너희에게 믿음이 겨자씨 한 알 만큼만 있어도 이 산을 명하여 여기서 저기로 옮겨지라 하면 옮겨질 것이요, 또 너희가 못 할 것이 없으리라.

지 맬러리George Mallory[2]가 아니더라도 누구나 산 아래에 서면 인간이 얼마나 초라하고 무력한 존재인지 본능적인 깨달음이 온다. 내가 과연 이 산을 해치울 수 있을까? 매번 뭉게뭉게 피어오르는 의심의 안개를 가라앉히는 마음의 훈련이 필요하다. 쓰레기 산을 옮기는 데는 고작 겨자씨 한 알만큼의 자신감으로는 전혀 충분하지 않으니, 동료와 함께 주문이라도 외워보자.

— 태산이 높다 하되 지붕 아래 뫼이로다![3]

참으로 불가사의한 것이 있다면, 쓰레기가 극도로 쌓인 집엔 동전과 지폐가 아무 곳에나 흩어져 이리저리 나뒹군다는 점이다. 꽤 오랫동안 이런 집을 맡아왔지만 예외 사례를 찾기가 더 힘들다. 돈이 음식물에 뒤섞여 방바닥에 잔뜩 흩어져 있고 책상 위나 싱크대 위, 화장실을 가리지 않고 곳

----

2 영국의 등반가로 1924년 에베레스트 3차 등반에 도전했다가 실종되었다. 왜 계속 산에 오르냐는 질문에 "거기 산이 있으니까Because it is there"란 대답으로 유명하다.

3 조선 시대 문신이자 서예가 양사언의 시조 "태산이 높다 하되 하늘 아래 뫼이로다"의 변형.

곳에 에넘느레하게 널브러져 있다. 심지어 탕수육 소스가 담긴 그릇이나 변기 안에서 동전을 끄집어낸 적도 있다. 마침 지진이라도 일어나 그대로 매몰되면 현행 화폐가 걸쭉한 전분 소스에 코팅되어 또렷하게 보존된 화석으로 발견될지도 모른다.

돈과 쓰레기의 구별, 즉 가치 있는 것과 없는 것의 경계가 허물어져 자본주의적 특징을 무색하게 만드는 이 상황. 쓰레기를 모으는 이야말로 '황금 보기를 돌같이 하라'는 청빈 사상을 몸소 실천하는 군자인지도 모른다.

《악학궤범樂學軌範》을 집대성한 조선의 대표적인 뮤지션이자 만담가 성현이 쓴 수필집《용재총화慵齋叢話》에 최영 장군의 '붉은 무덤'에 얽힌 기이한 설화가 실려 있다. 고려 문신으로서 사헌부 간관을 지낸 바 있는 최원직의 '견금여토見金如土'[4]라는 유훈을 일생의 신조로 삼은 그의 아들 최영 장군이 우리나라에서 대표적인 청빈의 아이콘이 되는 과정이 재미나게 묘사되어 있다. 그 이야기에 따르면 최영

----

4 금을 돌처럼 여기라는 뜻.

장군이 만년에 "내가 탐욕하는 마음이 있다면 내 무덤에 풀이 자랄 것이고, 만일 그렇지 않다면 풀이 나지 않을 것이다 我有貪慾之心 則墓上生草 不然則草不生矣"라고 호언장담했는데 최영이 죽은 뒤 실제로 무덤에 풀 한 포기 자라지 않아서 여전히 붉은 흙만 덮여 있었다고 한다. 그 당시에 정말 풀이 안 자랐는지는 몰라도, 현재는 경기도 기념물 제23호로 지자체의 관리를 받아 잔디가 촘촘하게 잘 자라고 있다.

집 안에 쓰레기를 극단적으로 모으는 이야말로 돈 보기를 쓰레기처럼 하니 고려에서 시작된 최원직의 유훈을 이어받아 몸소 실천하는 우리 민족혼의 계승자라고 할 만하다. 이런 군자의 집을 청소하러 온 일개 청소부에 불과한 나는, 황금을 돌처럼 보기는커녕 십 원짜리 동전 하나도 빠트리지 않고 주인에게 돌려줘야 한다. 그것이야말로 나를 귀히 써준 군자에 대한 도리이자 보은이 아니겠는가.

결국 일하는 내내 쓰레기는 쓰레기대로 모으면서 동전과 지폐를 따로 모아야 하는데 사실 이것이 보통 귀찮은 일이 아니다. 쓰레기 산 곳곳에 쑤셔 박힌 편의점 봉투 어딘가에 들어 있거나 방바닥에 납죽 붙어 있는 동전을 주워 모으기란 결코 쉽지 않다. 동전을 집어 올리고자 매번 고무장갑을 벗기도 번거롭거니와 그때마다 윗몸을 굽혔다가 펴자면 허리가 들쑤신다. 또 조금만 부주의하면 쓰레받기 안에 피자 조각 따위와 함께 동전이 담긴다. 사금 채취용 팬을 물에 담가서 모래를 뜨듯 쓰레기를 먼저 걷어낸 뒤에, 사금을 고르듯 남아 있는 동전만 걷어내자면 걸리는 시간도 만만치 않다.

아직 이 일을 시작한 지 얼마 되지 않았을 때는 이 과정이 진절머리 나고 화가 솟구쳐서 이런 반문이 절로 터져 나왔다.

— 아니, 도대체 왜 이들은 돈 관리에 이토록 허술한가! 비록 적은 금액일지언정 동전이나 지폐를 이따위로 쓰레기 속에 내팽개쳐 두는 것이 온당한가?

하지만 이 일을 하루 이틀 되풀이하고, 산을 옮기는 고달픈 기적을 한 해 두 해 반복하다 보니 시나브로 내 생각의 날카로운 면은 물러지고 감정의 뾰족한 데는 무던하게 다듬어졌다. 이런 쓰레기 산을 보금자리로 받아들이고 자신의 고귀하신 몸을 눕히는 일조차 아무런 어려움을 느끼지 않는 이에게 그깟 돈 따위가 쓰레기와 함께 나뒹구는 것이 대체 뭐라고. 과연 대수롭다고 할 만한 일인가? 어느덧 나도 쓰레기와 한통속이 되고, 오물과 함께 나뒹굴며 울고 웃는 삶을 천직으로 받아들인 셈일까? 어째 등정 한 번 제대로 안 해보고 노장 산악인의 초연함을 흉내 내는 것 같다.

지엄하신 알렉산드로스 왕께서 친히 찾아오든 말든, 지금 햇빛을 가리고 섰으니 한 발짝만 옆으로 비켜달라고 청한 견유학파[5] 철학자 디오게네스가 오늘 내 쓰레기 집 의뢰인으로 환생한다면 그깟 돈 따위의 가치를 견주느라 내 행복한 '개 같은 생활kynicos bios'을 놓치지나 말라는 진리를 전해줄 것만 같다.

오늘도 쓰레기에서 돈을 골라내는 과정이 차마 즐겁다고 말하지는 못하겠지만 뭐, 그런대로 견딜 만하다. 상황이 개 같다는 점은 여전하지만 널널한 개 같은 삶이야말로 행복하다는 주장 역시 삶의 한 방편으로써 유효하기에, 반박하기보다는 슬슬 순응하는 쪽으로 몸을 틀고 있다.

----

5   고대 그리스 철학 사조의 하나로 '견유犬儒'는 개와 같다는 뜻이다. 권력과 세속에서 한없이 자유로운 삶을 추구한다.

황금이여,

언젠가는 침묵의 돌처럼

쓰레기여,

어느 날에는 빛나는 정금처럼

귀하고 천함의 분별에서 자유를 찾은 자에게

모든 순간이 행복이어라.

오줌
페스티벌

별스럽긴 하지만 대수롭지는 않은 일이라고 생각했다. 서른 개, 많아 봐야 쉰 개 정도의 페트병이 있는데 그걸 치워 달라. 다만 그 안에는 오줌이 들어 있다. 괴상한 의뢰이긴 하지만 병을 모두 비우고 전기 소독기로 실내를 살균하고 나오는 시간까지 고려해도 한 시간이면 끝낼 수 있으리라. 이 일이 끝나면 오후 시간을 오롯이 여가로 보낼 수 있다. 생각이 여기까지 미치자 운전해서 그 오피스텔까지 가는 길이 몹시 즐겁다. 으레 이삼일이 걸리는 평소 일에 비하면 간단한 일이다. 여기엔 누군가의 죽음도 개입되지 않았고, 따로 처리해야 할 골치 아픈 살림도 없다. 공중에 떠가는 깃털을 발견하곤 "후후" 바람을 불면서 땅에 떨어지지 않고 얼마나 버티는지 지켜보는 것 같다.

　— 도착하셨어요? 지금 제가 그리로 갈게요. 그리고 집주인들도 곧 오실 거예요. 저도 그 안의 상태를 확인해야 해요.

가벼운 일거리치곤 무대에 출연하는 배우가 많은데? 전화로 일을 부탁하고 이곳까지 우리를 청한 젊은 여성은 부동산의 대표가 아니라 실장이라는 직책을 맡고 있을 것이다. 실장은 대개 고객이 원하는 적당한 거처나 사무실을 찾을 때까지 동행하며 손수 안내하는 역할을 담당한다. 그녀의 밝고 높은 음정의 목소리가 휴대전화기 너머로 선명한 여운을 남긴다. 우리는 문 앞에 살균 장치와 크고 작은 공구 박스, 가방 따위를 내려놓고 출연자들이 늦지 않게 등장하길 잠자코 기다린다.

굳게 닫힌 강철 문. 문은 여느 때처럼 아무런 암시나 동요가 없다. 결코 먼저 나서서 설득을 시도하는 법이 없다. 나에게 열쇠나 비밀번호가 주어지지 않았으니 문 또한 내가 제시하는 다른 설득 따위는 받아들이지 않을 것이다. 문 앞에 오래 머물면 마치 거대한 전신거울 앞에 서 있는 것 같을 때가 있다. 그 어떤 것도 반사하거나 담아내지 않는 암담한 거울. 하지만 이 막막한 문은 시간이 지나면 슬그머니 내가 처한 마음 상태를 보여준다. 불가의 면벽수행 같은 것일까? 막막함은 때론 내면의 눈을 뜨게 한다. 지금 나는 무슨 생각에 골몰하는가. 지금 마음은 어떤 빛깔인가. 보이지 않던 것이 희붐하게 보일 무렵, 하이힐이 일정하게 바닥을 치는 소리가 앞서 모퉁이를 돌고, 그 뒤를 따라 키가 크고 화려한 용모의 여성이 등장한다. 이 문을 단번에 설득할 수 있는 열쇠를 가진 실장이다. 그녀가 앞장서서 문을 열자 뜻밖에 펼쳐진 쓰레기 동산과 끝없이 늘어선 페트병에 압도되어 우리는 한동안 입을 열지 못했다. 문을 닫은 채 내면의 눈을 뜨기는커녕, 문을 열고 그 앞에 펼쳐진 생생한 광경마저 눈감고 외면하고 싶다.

> ─실장님, 오줌이 든 페트병이 오십 개가 아니라 삼천 개,
> 아니 오천 개는 충분히 넘을 것 같은데요?
> ─네. 저도 집주인께 전화로 그냥 간단한 일이라고 설명을
> 들었어요. 그런데 이건 정말 어처구니가 없네요. 진짜 황
> 당하네….

우리가 그 안에서 벌어진 상황을 둘러보며 감탄할 때 집주인으로 보이는 중년 남녀가 늙은 부모를 모시고 함께 나타난다. 비로소 모든 출연진이 무대에 등장했다. 그들은 상황을 이미 아는지, 문 안으로 굳이 들어오려 하지 않는다. 어쩌면 늙은 부모가 이 집의 실질적인 소유주이고 자식은 대리자이리라.

널따란 방 하나에 복층이 딸린 구조로 이루어진 오피스텔 바닥은 오줌이 담긴 페트병으로 가득하다. 이미 화장실과 간이 부엌 앞에는 오줌 페트병이 빼곡하게 들어차 발을 디딜 공간조차 없다. 복층은 물론이고, 연결된 계단에도 오줌이 든 페트병으로 가득하다. 페트병뿐만 아니라 피자나 족발 같은 배달음식 쓰레기가 실내 곳곳에 작은 산을 이루고 있다. 버려진 탄산음료 캔만 천 개는 넘는 것 같다.

문 앞에 서 있던 집주인들은 우리에게 이것을 모두 치워 깨끗이 만들 수 있는지 조심스레 묻는다. 처음엔 집주인이 나서서 이런 일을 대행해줄 사람을 찾고자 백방으로 수소문했지만 결국 찾지 못했는데, 마침 부동산 실장이 우리 회사를 찾아내어 대신 불러준 것이라고 한다. 이 집에 벌어진 상황을 축소해서 알린 데는 그런 사정과 이유가 있었다. "일단 누구라도 와주면 좋겠다. 그리고 만나면 상황이 이 지경이니 도와달라고 설득하겠다."

듣자 하니 세입자가 집을 비우지 않는 문제로 소송을 해왔고, 마침내 임대인이 승소하여 치울 수 있다는 법원의 판결을 받았다고 한다. 법률상 세입자가 버린 쓰레기조차 임대인이라고 허락 없이 손댈 수 없다. 버릴 생각이 없다면 쓰레기도 누군가에게 귀중한 재산이다. 이곳에 오면서 떠올린 가벼운 깃털은 이미 어디론가 날아가고, 이 많은 오줌을 어느 세월에 비울까 하는 근심이 시나브로 차오른다.

오줌이 든 페트병은 대체로 맥주처럼 밝은 갈색을 띤다. 서너 병만 남아 있었다면 치킨 전문점에서 배달해 온 생맥주처럼 보일 것도 같다. 검은색에 가까운 아주 짙은 색이 있는가 하면 레몬처럼 밝은 색, 그리고 시판되는 생수처럼 투명한 색의 오줌도 있다. 이 병 안에 든 오줌을 모두 부어서 한 데 모으면 대중 온천의 커다란 욕조 하나쯤은 가득 채울 것 같다.

시험 삼아 페트병 몇 개의 뚜껑을 열고 내용물을 변기에 부었다. 묵은 오줌을 처리하는 일의 핵심 문제는 역겨운 냄새가 아니라 두통을 유발할 정도로 지독한 가스라는 결론. 우리는 서둘러 방진마스크를 벗고 방독마스크로 바꿔 썼다. 마치 인생 최고의 행운을 맞이하여 밤새 자축 파티라도 열듯, 병 열 개를 열면 그중 한두 개꼴로 샴페인처럼 "펑" 하는 소리와 함께 뚜껑이 천장을 향해 튀어 올랐다. 바야흐로 빈티지 와인처럼 생산 시기별로 잘 숙성된 오줌을 따르며 축제를 벌이는 시간이다. 끝도 없이 뚜껑을 열어 오줌을 쏟아붓자니 허리가 쑤시고, 급기야 손목이 덜덜거린다. 허벅지까지 튀어 오르는 오줌 방울을 피할 재간도 없다. 방독 마스크의 호흡 밸브 안쪽으로 땀이 고여 일하는 내내 짭짤하다. 가혹한 페스티벌이다.

들여올 수는 있지만, 문밖으로 내보낼 수는 없었는가? 남긴 배달 음식과 집요하게 모아둔 오줌을 보며 의문이 꼬리에 꼬리를 물고 일어난다. 내 어떤 것도 세상 밖으로 내보내지 않겠다는 신념일까? 설령 오줌이라도? 그러면 대변은 어디로 갔나? 좌변기엔 물이 담겨 있지만 사용하지 않은 지 몇 년은 지난 것 같다. 세면기는 막힌 지 너무 오래되어 마치 잡초가 자랐다가 가뭄으로 시들고 바싹 말라버린 누런 웅덩이 같은 모습이다. 여기 살던 이가 은둔형 외톨이처럼 집 밖으로 나가지 않고 머물기만 하지 않았다는 것은 분명하다. 자신은 드나들었지만 자신의 것은 문밖으로 내보내지 않았다.

그를 조금이라도 제대로 이해하고 싶다. 저장 강박이라는 블랙홀 같은 분류 속으로 무작정 밀어붙이지 않고 '비정상인 인간'이라는 태그를 붙여서 불가해의 영역으로 섣불리 몰아세우고 싶지 않다. 실낱같은 빛이라도 눈에 띈다면 그것을 통해 그의 모습을 온전히 비추고 제대로 마주하고 싶다. 하지만 내 의지와 달리 남은 오줌 한 방울까지 비우고 마지막 피자 한 조각까지 집어 올리는 동안 실마리는 좀처럼 나타나지 않았다. 거대한 철문 뒤에 또 다른 옹벽이 서 있어서 그를 가로막은 것 같다. 이 집에 들어서기 전에 마주했던 암담한 거울이 다시 내 앞을 가로막는다. 막막함은 또 다른 눈을 뜨게 한다. 그를 들여다보려다가 결국은 나를 바라본다.

이해할 수 없는 사람이 만들어놓은 이해 불가의 쓰레기를 수습하러 온 나는 누구인가?

내가 이곳에 있는 진짜 이유는 무엇이고, 지금 나는 무엇을 발견하려고 하는가?

그는 왜 나라는 인간에게 이해되어야 하는가?

굳이 내 판단의 사슬에 그를 옥죄어야만 하는가?

그의 쓰레기를 대신해서 치우는 것 같지만 사실은 내 삶에 산적한 보이지 않는 쓰레기를 치우는 것 같다. 내 부단한 하루하루의 인생은 결국 쓰레기를 치우기 위한 것인가?

질문이 꼬리에 꼬리를 물고 일어난다. 해답도 없고 답해줄 자도 없다. 면벽의 질문이란 으레 그런 것인지도 모른다.

질문이 또 다른 질문을 끊임없이 초대하는 세계, 오랜 질문들과 새로운 질문들이 만나 서로 인사를 나누고 건배를 제창하는 떠들썩한 축제 같다.

애초 한 시간을 예상했던 일은 꼬박 이틀이 걸렸다. 첫날 문을 열고 입을 다물지 못했던 부동산 실장은 일이 다 끝났다는 내 연락을 받고 확인 차 방문하여 역시 입을 다물지 못했다.

─그 쓰레기들 다 어디 갔나요? 흔적도 없이 사라졌네요. 꼭 꿈을 꾼 것 같아요.

그녀의 밝고 높은 음정의 목소리가 마치 긴 꿈을 깨우려는 것처럼 텅 빈 오피스텔 공간에 울렸다. 잠시 망설임도 없이 터져 나온 순수한 감탄이 마음에 들었다.

어쩌면 그녀 말대로 이 모든 게 정말 꿈이었는지도 모른다. 혼자만의 꿈이 아니라 다 함께 꾼 꿈. 꿈속에서 그는 끝도 없이 쓰레기와 오줌을 모으는 역할, 나는 어떤 쓰레기인들 마다하지 않고 군말 없이 치우는 역할을 맡았는지도 모른다. 실장은 그 과정을 쭉 지켜보며 놀라고, 감탄하고, 집주인들에게 결과를 전달하는 역할인지도 모른다.

생각해보면 참 지저분하고 냄새가 고약한 꿈이다. 그런 꿈같은 생각을 하자 마음은 한없이 가벼워졌다. 원래 이 집에 있던 것보다는 좀 더 많은 것이 함께 사라진 듯하다.

질문이 또 다른 질문을 끊임없이 초대하는 세계,
오랜 질문들과 새로운 질문들이 만나
서로 인사를 나누고 건배를 제창하는 떠들썩한 축제 같다.

고양이
들어 올리기

고양이가 죽었다는 전화를 오늘만 세 번 받았다. 왠지 내가 거대한 낫을 휘둘러 고양이의 목숨을 거두어 가는 사신이 된 것만 같다. 고양이를 가족으로 받아들이고 함께 산 지 십 년이 넘은 애묘인으로서, 개인적인 바람이야 고양이가 벗 어놓은 양말이 있다면 몰래 다랑어 캔이라도 넣고 가는 산타클로스가 되고 싶지만 어쩌다 보니 고양이가 죽으면 들이닥치는 그림리퍼grim-reaper[6]가 된 것 같다.

오늘따라 이렇게 전화가 쇄도하는 까닭은 그저께까지 내린 비 탓이다. 장마 동안 비를 맞은 고양이가 구석진 곳으로 피해서 추위를 견디다가 저체온증으로 죽고, 결국 그 썩어가는 냄새가 사람을 괴롭힌다. '부패한 고양이 전문'이라며 비즈니스를 하는 곳은 없으니 찾고 찾다가 결국 나같이 더럽고 냄새나는 일조차 가리지 않는 자를 부른다. 냄새도 냄

----

6 '엄정한 추수꾼'이란 뜻으로, 모자 달린 기다란 검은색 로브를 걸치고 거대한 낫을 든 해골 형상으로 흔히 표현되며 서구문화권에서 죽음의 사신을 상징한다.

새지만 고양이 사체 주변에 파리가 들끓고 구더기가 바글거리니 어지간한 강심장 아니면 나서기 힘든 일이다.

건강하게 살아 있는 동안 고양이는 아름답고 우아하다. 일정한 훈련을 거쳐야 하는 개와 달리 태생적으로 용변을 가리고, 스스로 핥으면서 몸단장을 한다. 지방 소도시나 북한산국립공원 진입로 주변에서 우연히 마주치는 들개의 지저분하고 어딘가 쫓기는 듯한 초췌한 모습에 비하면 길고양이는 언제나 단아한 자태를 뽐낸다. 사람과 멀찌감치 떨어져 내빼기 충분한 거리에 있다면 눈을 감은 채 햇볕을 쬐며 여유작작한 모습을 보여준다.

우아함에 매혹된 인간은 오랜 시간 고양이를 사랑해왔다. 고대 아이깁투스Aegyptus[7]의 부바스티스Bubastis 시민은 키우던 고양이가 자연사하면 상복을 차려입고 눈썹을 깎아서 애도를 표했다고 한다. 그뿐만 아니라 도시에서 따로 마련해둔 신성한 방에서 고양이 사체를 미라로 만들어 장례

----

7 이집트의 옛 명칭. 부바스티스 시市의 고양이 장례에 대한 내용은 헤로도토스의 《역사》에도 실려 있다. 부바스티스 시민은 고양이를 비롯해 여러 동물에게 예우를 갖췄다. 함께 기르던 개가 죽으면 주인이 머리카락을 비롯한 온몸의 털을 깎았으며, 따오기나 매를 죽인 자는 반드시 사형에 처했다. 사육사가 동물의 종별로 각기 배정되었으며 이 직업은 세습되었다.

를 치렀고, 이를 위해 방부처리 전문가를 고용했다. 이집트 고대벽화에서 흔히 볼 수 있는 형상인 사람 몸에 자칼 머리를 한 아누비스Anubis는 장례 집전과 방부 처리, 미라를 관장하는 신이기도 하다. 아이깁투스의 신성神聖은 고양이라고 인간과 다르게 대하지 않았다.

반려동물 문화가 붐을 일으키고 세대에서 세대로 전승되면서 어쩐지 뒷전으로 밀려 있던 고양이가 언젠가부터 전폭적인 사랑을 받고 있다. 한때는 아기 울음을 연상시킨다는 이유로 재수 없다고 하여 불길한 상징으로 여겨지던 길고양이에게 꾸준히 먹이를 주며 돌보는 지역별 '캣맘'이 생겼다. 고양이를 반려동물로 받아들인 자가 그 사랑스러움에 매료되어 모시는 지경에 이른 자신을 '집사'라고 자칭하는 모습도 이제 낯설지 않다.

사랑받는 만큼 버림받는 고양이도 많다. 응석을 부리며 잘 살다가도 돌연 집 밖으로 뛰쳐나가 스스로 야생의 삶을 선택하기도 한다. 그렇게 길고양이가 되어 밤낮없이 도시의 구석진 곳곳을 드나들며 수시로 번식행동을 한다. 두 달이면 너끈히 네다섯 마리를 출산하는 고양이는 개체 수가 기하급수적으로 늘어서 도시의 또 다른 문제가 되었다. 그리고 그런 고양이는 도시 곳곳에서 죽음을 맞는다. 좁은 골목과 담과 담 사이, 지붕 위와 지하실, 다세대주택의 보일러실, 노래방 천장과 창고의 처마 밑, 시동을 끈 지 얼마 되지 않은 자동차의 따뜻한 엔진룸…. 비와 바람, 여름 한낮의 열기와 한겨울의 바람과 추위를 피할 수 있는 곳이라면 그 어떤 좁고 위험한 곳이라도 고양이의 안식처가 되고, 바로 그곳이 고양이의 사지死地가 된다.

죽은 자의 집을 치우는 일과 죽은 고양이를 거두는 일 중 어느 쪽이 더 곤란하냐고 묻는다면 잠시도 지체하지 않고 고양이를 거두는 쪽이라고 말하고 싶다. 바닥에서 죽은 고양이를 안아서 들어 올리는 일은 아무리 반복해도 익숙해지지 않는다. 냄새도 냄새거니와, 들어 올릴 때 그 무게가 가벼우면 가벼워서 가엾고, 무거우면 또 무거운 대로 불쌍하다. 죽은 새끼를 수습하는 모습을 멀찌가니 지켜보는 어미의 모습도 마음 아프고, 죽은 어미를 거두는 동안 주변을 떠나지 못하는 새끼를 근처에 오지 않도록 쫓는 일도 가슴 시리다. 동물과 직접 소통하는 신비한 능력을 갖췄다는 애니멀 커뮤니케이터에 의하면 고양이는 인간과 유사한 희로애락을 느낀다고 한다. 사실인지 어떤지 모를 그런 이야기까지 듣고 나니 평소에도 무심하게 지나는 길고양이를 바라볼 때마다 애처롭다.

부디 잘 지내렴. 내가 해줄 수 있는 것이라곤 방해하지 않도록 거리를 두고서 마음으로나마 응원하는 수밖에 없다. 언젠가 죽은 모습으로 만나게 되면 우아했던 시절의 그대 모습을 떠올리며 소중한 마음을 담아서 데려가마. 살아 있을 때라도 부디 행복하게 지내렴.

지옥과
천국의
문

— 네, 물론 저희가 그런 일도 합니다.

　어른인지 아이인지 짐작하기 어려울 정도로 앳된 목소리의 여성이 집에 있는 죽은 동물을 치워줄 수 있는지 물었다. '고양이들'이라고 했으니 분명히 한 마리가 아니라는 뜻이리라. 천진난만한 음성에 현혹되지 말고 주의 깊게 들어야 한다. 대개 막 통화를 시작한 처음 몇 마디에 가장 객관적인 정황이 드러나게 마련. 그리고 상대의 설명에 의존하기보다는 감정을 느끼는 데 집중하는 편이 그곳에 놓인 구체적인 사실에 다다를 가능성을 높인다.

— 저희 집은 아니고요. 고양이들이 죽은 지 오래됐어요. 쓰
　레기도 많고요. 아, 고양이가 다 죽은 것은 아니고요.
— 그러면 고양이가 몇 마리나 되나요?
— 음… 잘 모르겠는데, 한 일곱 마리?
— 죽은 고양이가요? 살아 있는 고양이가요?

— 아, 죽은 고양이요.

상대는 한순간 망설임도 없이 쾌활한 목소리로 답하지만, 내 마음은 점점 어둡고 음산해진다. 너무나 극명한 대비에 문득 우리가 주고받는 대화가 비현실적으로 느껴진다.

— 그럼 살아 있는 고양이는 몇 마리인가요?
— 몰라요. 한 마리, 아니면 두 마리? 어쩌면 세 마리가 넘을지도 몰라요.

약속한 대로 사흘 뒤에 그 주상복합 아파트를 찾아갔다. 살아 있는 고양이는 반려동물 호텔에 맡기겠다는 대답을 들었지만 그다지 마음이 놓이지 않는다. 지하에 차를 세우고서 휴대전화를 꺼내 그녀가 보낸 메시지를 다시 확인한다.

남은 애들은 호텔에 예약했어요. 아무 문제없을 거예요.

눈으로 메시지를 읽으면서도 귓가에 그 앳된 목소리가 실제로 들리는 것만 같다.

청소 장비를 수레에 싣고 엘리베이터가 도착하길 기다린다. 일곱 마리의 죽은 고양이가 기다리는 집, 아무 문제없다는 곳이 이 건물 십오 층에 있다.

모든 희망을 버려라, 여기 들어오는 자들이여.

Lasciate ogni speranza, voi ch'entrate.[8]

현관문 잠금장치의 비밀번호를 눌렀을 때 정작 열고야만 것은 고양이의 지옥 문이 아니었을까?

화장실이 있는 좁은 통로를 지나자 넓게 트인 거실이 있고, 가정용이라기엔 너무나 큰 철망 케이지가 시선을 사로잡는다. 사람 키 높이의 케이지 두 개가 쌍둥이 빌딩처럼 적당한 거리를 둔 채 서로 마주하고 있다. 그 안에는 미리 설명을 듣지 않았다면 애초에 어떤 동물인지 형태조차 알아볼 수 없을 정도로 녹아내려서 나부죽하게 털가죽만 남은 고양이들이 칸칸이 쌓여 있다. 거실 바닥에는 파리 성충으로 변태하지 못하고 생장을 멈춰버린 붉은 번데기들이 정

----

8 단테 《신곡》 〈지옥〉 편 제3곡 중 지옥 문 위에 새겨진 글귀.

월 대보름날의 팥알처럼 잔뜩 흩뿌려져 있다. 걸음을 옮길 때마다 발에 밟혀서 "우두둑" 하고 알갱이 터지는 소리가 난다. 동물이 죽으면 어김없이 파리들이 꼬이고 그 죽음을 양분 삼아 번식하여 수많은 생명체를 부화시킨다. 사람이 죽은 곳도 이와 다를 바가 없다. 지구 생태계에서 구더기야말로 죽음에서 생명을 얻는, 가장 역설적인 존재인지도 모른다.

두 개의 케이지를 에워싸고 섬유탈취제가 든 플라스틱 분무기, 살충제가 든 알루미늄 스프레이 캔, 사료 비닐 껍데기 따위가 쓰레기 언덕을 이루고 있다. 지독한 상황에 비해 냄새가 아주 심하지 않은 이유는 그동안 죽은 고양이들에게 온갖 화학약품을 뿌려댔기 때문이리라.

이것저것 복잡하게 뒤엉킨 채 집 안 곳곳에 쌓인 쓰레기에 비하자면 침대 위만은 신이 지옥에 남겨둔 유일한 성소인 양 새하얗고 깨끗하게 비어 있다. 침대 머리 쪽 벽에 연결된 휴대전화 충전기 케이블이 매트리스 위에 너부러져 있는 모습으로 봐서 어쩌면 최근까지 누군가 머문 것 같다. 죽은 고양이에게는 끊임없이 탈취제와 살충제를 뿌리고, 살아 있는 고양이에게는 사료와 물을 공급해준 사람일 것이다.

어디서부터 시작해야 할까?

국물이 잔뜩 고인 중국요리, 뼈만 남은 튀김 닭과 피자 조각으로 이루어진 쓰레기 언덕쯤은 케이지에 비하면 골 칫거리도 아니다. 우선 고양이 사체부터 수습해보자. 죽은 고양이들이 뒤엉켜 있는 두 개의 지옥 탑을 놔두고는 다른 것을 먼저 손댈 엄두가 나지 않는다. 먼저 방독마스크를 쓰고, 공구함에서 철망을 끊어낼 니퍼와 길쭉한 볼트 커터를 찾아서 꺼내 든다. 마침내 지옥의 민낯을 낱낱이 목도할 시간이다.

케이지 안에는 칸마다 서로 다른 고양이의 털가죽이 눌어붙어 있다. 회색 털은 러시안 블루라 불리는 묘종猫種, 크림색 털은 샴, 밝은 갈색에 군데군데 흰 줄무늬가 있는 것은 아메리칸쇼트헤어…. 평소 고양이를 사랑해온 인간으로 이 참담한 상황에서 털만 보고 종을 구분할 수 있다는 사실에 스스로 기가 막히다. 호랑이는 죽어서 가죽을 남기고 사람은 죽어서 이름을 남긴다고 했던가? 그 속담 뒤에 스며 있는 명예 지상주의와 지독한 인간 본위의 세계관이 늘 못마땅했다. 이름과 가죽을 남기는 일 따위가 죽음 앞에서 도대체 무슨 의미가 있는가? 동물은 인간의 노리개나 한낱 장식품이 되고자 존재하지 않는다. 그 속담만은 이 세계에서 반드시 사라져야 한다. 무엇보다 먼저 내 머릿속부터.

철망의 입체 면과 가로지른 칸을 모두 뜯어내자, 케이지 바닥에는 수북한 똥 덩어리와 함께 살충제로 생명을 잃은 구더기와 파리 떼, 고양이들의 뼛조각과 털가죽이 온통 뒤엉켜 있다. 오직 고양이 머리뼈만이 살아 있을 때의 형체를 엇비슷하게나마 유지하고 있다. 생전에 맑고 신비하게 빛났을 두 눈마저 이곳을 점령한 곤충에게 모두 내주었지만, 송곳니만은 여전히 날카롭게 드러낸 채 입을 다물지 못하고 있다. 송곳니 사이에 드러난 깨알처럼 조그맣고 촘촘한 이빨이 지옥 같은 이 모든 광경은 꿈이 아니라 엄연한 현실이라는 사실을 깨닫게 한다.

고양이 머리뼈를 하나씩 집어 올릴 때마다 보이지 않는 손이 내 몸에 들어와 겨우 죽지 않을 만큼만 심장을 꽉 움켜쥐는 것 같다. 그 음험한 손길을 예닐곱 번쯤 느끼고 나서야 비로소 철망 케이지 두 개를 모두 비울 수 있었다. 죽은 고양이는 모두 열 마리. 갓 태어난 새끼 샴고양이는 내장이 모두 파먹혀 복부가 사라졌다.

일을 마치고 그 집에서 한참 벗어나고도 한동안 입 밖에 아무 말도 꺼낼 수 없었다. 차를 운전하며 사무실로 돌아가는 동안, 강변북로의 기나긴 정체를 주춤주춤 통과하면서 내 귀에 아무 소리도 들리지 않은 듯했다. 때가 되어 마지못해 앉은 식사 테이블 앞에서도 입 안에 무엇을 넣고 씹어 삼키는지 알 수 없었다. 그 집에 머무는 동안 내 의식에서 감각을 담당하는 무엇인가가 송두리째 빠져나간 것 같다.

죽은 고양이라면 그동안 수도 없이 만났다. 도시는 거리를 떠도는 길고양이에게 적절한 안식처가 되지만 병들고 먹이를 구할 수 없는 때가 오면 어느새 무덤이 된다. 변두리에서 죽은 고양이가 썩어가면서 생긴 냄새가 끊임없이 나를 불러냈다. 하지만 내가 수습해온 길고양이들은 위태로운 환경에서도 자유를 누리며 살아간다. 누구의 구속도 당하지 않고 마음껏 거리를 활보하고, 지붕처럼 높은 곳에 발을 딛고 서서 '흥, 인간쯤이야 내 발밑이지'라고 거드름을 피우며 내려다본다. 약해지면 목숨을 거두어가는 야생의 법칙은 피할 재간이 없지만, 최소한 길고양이들은 살아 있는 동안 스스로 자기 삶을 이끌어가는 주인이다.

철망 케이지 안에 철저히 유폐된 세계, 죽은 고양이 열 마리가 생애 동안 경험한 전부이다. 주택가에서 은밀하게 운

영되는 '동물공장' 같은 곳이었을까? 인간의 철저한 관리와
통제가 있었지만, 어떤 연유인지 한순간 그 손길이 뚝 끊어
졌다. 철망 안에 감금된 채 아무도 오는 이가 없자 고양이들
에게는 먼저 혹독한 굶주림과 갈증이 찾아왔을 것이다. 그
자리에서 움직일 수 없고 나갈 수도 없는 절망감, 또 자신을
돌보던 인간에 대한 배신감이 차례로 엄습했을 것이다. 다
른 칸의 친구들이 하나둘 생명을 잃어가고, 어느새 그 집은
고양이의 지옥으로 변해갔다.

 '내일 날이 밝는 대로 동물보호단체에 상담 전화를 해
보자.'

 이런저런 생각이 머릿속에서 떠나지 않았다. 복잡한 마
음에 시달리며 늦은 시각까지 잠들지 못하다가 자정을 넘
기고서야 어슴푸레 잠들었다.
 새벽녘의 가장 추울 때가 되자 여느 때처럼 우리 집 고양
이가 침대에 기어 올라왔다. 어느새 왼쪽 겨드랑이에 파고
들어서 내 어깨를 베개 삼아서 잠을 청한다. 한결같이 이 자
리다. 이 녀석에겐 가족 중에 유독 몸이 뜨거운 내가 온돌방
인 셈이다. 새벽이면 어김없이 찾아오는 단골손님은 내 품

에서 "그르르르, 그르르르" 친근한 소리를 내며 한동안 몸을 떨어댄다. 그러곤 어느새 숨을 고르게 내쉬며 잠에 빠져든다. 코와 귀 주변이 온통 초콜릿색으로 물든 섬세하고 사랑스러운 샴고양이가 내 품에서 눈을 꼭 감고 막 잠들었다.

안도감은 잠시뿐, 불현듯 낮에 보았던 새끼 샴고양이의 비참한 모습이 떠오른다. 눈이 사라진 채 입을 다물지 못한 머리뼈들도…. 보이지 않는 손이 내 잠자리까지 찾아와 다시 한번 심장을 꾹 움켜쥔다. 문득 내 볼을 적시는 것이 뜨겁다. 고양이가 깨지 않도록 슬그머니 몸을 돌려 일으킨다. 아직 이른 시각이지만 세수라도 해야겠다.

시인과 록커가 요절하는 까닭은 하고 싶은 말을 내뱉고는 더 이상 물러서지 않았기 때문일까? 오늘은 마음이 좀 더 단단해지도록 록 음악이라도 들으며 아침을 시작해야겠다.

고양이는 세상의 모든 것이 인간을 섬겨야 한다는 정설을 깨뜨리러 세상에 왔다 Cats were put into the world to disprove the dogma that all things were created to serve man.

록 밴드 '슬립낫slipknot'의 베이시스트였던 폴 그레이Paul -Gray가 남긴 말이다. 서른여덟에 세상과 작별을 고한 록커가 남긴 이 문장이 지금 나에게 정론이다. 인간을 위해 존재하는 동물 따위는 없다. 더 높은 인간과 그를 섬겨야만 하는 낮은 인간이 없는 것처럼.

어느 날 길고양이를 수습해온 공로를 인정받아서 고양이의 천국 문에 무슨 글이든 새겨넣을 수 있는 영광이 주어진다면 시인이나 록커를 흉내 내며 이렇게 쓰고 싶다.

"모든 존재는 그대로 존귀하다. 그 순간만이 우리에게 천국을 열어준다"라고….

서가

남겨진 책을 보면서 죽은 이에 대해 생각한다. 서가에 꽂힌 압도적인 양의 책, 지독하게 읽으면서 이 생을 건너간 사람이다. 여자인지 남자인지 아무 말도 듣지 못했다. 다만 분야나 저급과 고급, 입문과 심화를 가리지 않고 무던히 읽어나간 남독濫讀형 독서가라는 점은 명백하다.

웬만한 사람 키를 훌쩍 넘을 정도로 크고 검은 원목 책장은 고령의 책과 갓 태어난 신간까지 한 시렁에 나란히 품고 있다. 크고 뚱뚱한 책과 작고 날렵한 책이 사이도 좋게 빈틈없이 서로 몸을 맞댔다. 1970년대의 빛바랜 문고판부터 마음의 치유를 건네는 근래 책까지 오십여 년 세월이 그 안에 뭉뚱그려져 있다. 어쩌면 책장이란 인정사정 봐주지 않는 수용시설 같다. 붉은 혁명의 날이라 부를까, 나는 오늘 이 모든 책을 남김없이 붉은색 자루에 담아 이 집에서 해방시켜야 한다. '책이란 모아놓으면 참으로 무거운 존재라 이 정도 양이면 두어 시간 어깨에 짊어지는 일을 피할 수 없겠지.' 그렇게 생각하니 벌써 어깨가 무겁다. 사실 언제나 무거운 것은 어깨가 아니라 그 위에 있는 책이지만. 유품을 정리하는 자에게 책을 잘 처리하는 요령이란 그저 요령껏 견디는 것뿐. 책이란 언제나 요령 없이 무겁다.

서둘러 책을 자루에 쓸어 담을 것. 하지만 제목들이 시나브로 다가와 말을 건다. 먼저 낯익은 제목이 말을 걸고는 황급히 사라진다. 생면부지의 제목은 멀찌감치 점잔을 빼다가 은근슬쩍 말을 걸어온다. "한 번쯤은 펴볼래?" "내가 누군지 알아는 봐야 하지 않겠니?" 유혹이 몹시 진득하다. 죽은 사람 집을 치우느라 바빠 죽겠는데 말이야.

책을 만드는 자들은 책장에 꽂힌 채 제목을 보이는 면을 등, 펼치는 쪽을 배라고 부른다. 책을 사람에 빗대는 것은 어디나 비슷하다. 서구에선 책의 등을 아예 '척추spine'라고 부르고, 우리가 책의 배라고 부르는 부분을 일본에선 '작은 입小口'이라고 부른다. 책은 그것을 사서 읽는 사람의 문신文身 같다. 문신들은 언뜻 주군을 섬기는 것 같지만 저마다 그럴듯한 주장을 펼치며 등을 민다. "신臣의 의견을 받아들여 주시길 통촉하옵나이다." 그 주장이 그럴듯할수록 독서가는 더 많이 밀린다. 이 많은 책등을 보자니 주인은 살아가는 동안 얼마나 숱하게 등 떠밀리는 삶을 살았을까. 서로 반대되는 주장이 있을 땐 어떻게 화해하면서 밀리는 방향을 조정

했을까.

서가에서 책을 하나둘씩 끌어내리고 빈 곳이 늘어날수록 죽은 이에 대한 상상은 구체적으로 채워져간다. 이미 수많은 책이 내게 증언을 남기고 사라졌다. 죽은 이와는 사실 아무런 관계가 없을지도 모를 내 상상은 그를 한동안 미국에서 일한 전기 기술자로 그려놓았다. 직업에 대한 편견일까, 아마도 그는 남성이었으리라. 개신교 신자였으나 종교에 대한 흥미를 잃은 지 오래. 뒤늦게 사진 찍는 취미가 생겼다. 사람보다는 철새를 비롯한 자연을 촬영하는 일에 더 관심이 있다. 소설처럼 누군가 꾸며낸 이야기보다 현실에 입각한 저술에 관심이 많다. 무엇보다 이 세계에 대한 다방면의 문제의식을 지니고 있다.

푸른색 작업복을 입은, 피가 끓어오르는 사나이가 골목의 주점에 있다. 가방엔 전기테스터와 절연장갑이, 목엔 길쭉한 원통 렌즈가 달린 카메라가 걸려 있다. 소매를 걷어붙인 팔뚝 위로는 먼 데서 바라보는 강줄기처럼 굵은 혈관이 드러나 있다. 술 한 잔 한 잔이 거듭될수록 목소리가 걸걸해진다. 이 세상에 대한 관심이 다양한 만큼 수많은 모순과 문

젯거리를 인지하고 있다. 작금의 정부가 무엇을 우선 과제로 삼아야 하는지, 범국가적인 경제 위기에서 기업이 나아갈 방향이 무엇인지, 종교계는 어떻게 반성하고 성찰의 목소리를 내야 하는지, 인류는 인간성 회복을 위해 어떤 노력을 해야 하는지…. 현미경 같은 미시 세계보다 망원렌즈로 저 멀리 보이는 원경의 관점에 입각한 진단을 내릴 것 같다. 그의 막강한 주장 앞에서 탁자는 내려치면 픽 쓰러질 듯 연약해 보이고, 젓가락은 앙상하기 짝이 없고, 그릇은 낮고 좁다. 더구나 이 술집의 차림은 이 손님의 세계에 비해 너무나 단출하다. 지금 나는, 그런 왕년을 보낸 사나이의 크고 무거운 서가를 아주 경박하고 허둥대는 손놀림으로 비우는지도 모른다.

서가를 완전히 비우자 숱한 책장들과 빈 시렁이 우두커니 서 있을 뿐이다. 이제는 아무도 말을 걸지 않는다. 책의 현란한 등짝들이 사라지자 그 뒤에서 오래 묵은 먼지만 증인의 시답잖은 침묵처럼 켜켜이 남았다. 책장의 앙상한 골격이 마치 그의 등 같다. 한때는 건장하고 넓고 우뚝했을 그의 등, 이제는 나이 들어 야위고 뼈가 앙상한 등.

서가書架는 어쩌면 그 주인의 십자가十字架⁹ 같은 것은 아닌지. 빈 책장을 바라보자면 일생 동안 그가 짊어졌던 것이 떠오른다. 수많은 생각과 믿음, 세상을 바라보는 방식, 인생의 목표와 그것을 관철하고자 했던 의지, 이끌어야 했던 가족의 생계, 사적인 욕망과 섬세한 취향, 기꺼이 짊어진 것과 살아 있는 자라면 어쩔 도리 없이 져야만 했을 세월.

그는 이제 십자가 같은 서가만 남기고 훌훌 가버렸다. 검은 원목 책장은 손쉽게 해체되고, 가벼운 낱낱의 널빤지가 되어 화물차 적재함의 바닥에 깔려 길을 떠난다. 못 박혀서 그의 어깨나 손을 잡아당기던 것은 더 이상 없다. 수고한 내 어깨가 가볍다. 사실 가벼워진 것은 어깨가 아니라 내 마음이지만.

자, 비로소 방은 텅 비었다.

나중에 가족에게 듣자 하니 돌아가신 분은 여성, 십여 년의 세월을 홀로 보낸 어머니였다. 일찍 고인이 된 남편의 물

----

9 '서가'와 '십자가'의 '가'는 모두 한자 '시렁 가架'를 쓴다.

건은 고스란히 그녀에게 남겨져 죽는 날까지 함께했다. 그의 서가는 그녀의 서가가 되고, 그가 진 십자가는 또 그녀의 십자가로 대물려졌을까. 세월은 그렇게 고스란히 전가될 수 있을까. 글쎄, 어느 날 들이닥친 알량한 청소부가 잴 수 있는 세월의 크기가 아니라는 점만은 분명히 짚고 넘어가야겠다.

수고한 내 어깨가 가볍다.

사실 가벼워진 것은 어깨가 아니라
내 마음이지만.

이불 속의
세계

도로명 주소가 인쇄된 파란색 사인 보드를 찾을 필요도 없이, 지독한 냄새가 먼저 마중 나와서 내가 가야 할 반지하 주택 앞으로 친히 안내했다. 현관문을 열고 어둠 속에서 스위치를 올려보았지만 전등은 켜지지 않았다. 요금 미납으로 인한 전기공급 중단이라면 새삼스럽지 않다. 벽에서 덮개도 없는 구형 두꺼비집을 찾아서 레버를 올리자 비스듬히 열린 화장실 문틈으로 빛이 깜빡거린다. 약간 놀라웠다. 전기가 끊기지도 않았는데 누군가 고의로 두꺼비집 레버를 내려놓았기 때문이다. 이곳은 경찰 외엔 아무도 다녀가지 않았고 그들이 굳이 전기를 차단할 이유도 없다.

주방을 겸한 조그만 거실을 둘러보며 서두르지 않고 방문을 연다. 내가 짐짓 부리는 여유와는 달리, 죽은 이가 만든 냄새는 에두르지 않고 즉시 내 숨통을 조인다. 방의 전등역시 켜지지 않는다. 이 집에서 빛이 있는 곳은 화장실뿐이다. 그곳마저 전구가 수명을 다해 깜빡거리며 구원의 신호를 보내지만….

삼십 대 남성이 오래도록 세 들며 칩거했다는 이 집은 정오가 다 된 지금까지도 몹시 어둡다. 차라리 '검은 집'이라고 부르는 편이 낫겠다. 플래시를 꺼내서 방의 왼쪽 끝에서 오른쪽 끝을 향해 빛을 비추자 내 손이 마치 암흑의 바다를 비추는 등대라도 된 것 같다. 동그란 빛은 침묵 속에 놓인 가구와 보잘것없는 살림을 먼저 보여주고, 거대한 장막을 내린 연극 무대처럼 한쪽 벽면을 통째로 가린 갈색 암막 커튼을 비춘다. 어둠이 고장 난 조명과 지하라는 건물 구조 탓이라면, 이 방을 감도는 암울한 분위기는 저 육중한 커튼 탓이리라. 지금 할 일은 장막을 걷어서 바깥세상의 빛을 그대로 받아들이는 것이다.

문턱을 넘어 커튼이 있는 곳으로 한 걸음 내디딘다. 그 순간 바닥이 "물컹" 하며 질펀하게 액체를 자아내는 소리를 낸다. 신발에 덮개를 덧신긴 했지만 바닥 상태를 좀 더 눈여겨봐야 했다. 인제 와서 어쩔 수도 없는 노릇. 내친김에 그대로 나아가기로 한다. 커튼을 젖히자 한낮의 햇빛이 서슴없이 내 눈을 찌르고, 낯선 이의 침입에 항거하며 공중으로 몸을 일으킨 먼지가 빛에 산란하며 반짝거린다. 막상 커튼을 걷어내자 지하치곤 빛이 꽤 잘 들어온다. 사방에 온통 곰팡이가 피어올라 미색의 벽지를 검보라색으로 물들이며 아래에서 출발하여 천장을 향해 집결해 있다.

짐작했던 것처럼 내 발에 밟힌 것은 두터운 솜이불이었다. 솜이불이 젖어 있는 이유는 사체에서 뿜어져나온 핏물을 온통 머금었기 때문이다. 침대는 없었지만 솜이불 여러 채가 방바닥에 빈틈없이 깔려 있다. 신고를 받고 온 경찰이 피가 고여 있는 방에 신발을 적시지 않고 들어가기 위해 잡히는 대로 담요 같은 것을 던져서 바닥에 까는 일도 있지만, 어쩌면 여기에 칩거하던 이가 그동안 바닥에 솜이불을 펼쳐놓은 채 생활해온 것 같다. 혹시 죽은 이는 직접 전기를 거부하고 외출도 마다한 채 이 솜이불 속에서만 지낸 것은 아닐까?

죽은 사람의 몸은 영화나 드라마에서 연출한 것처럼 잠을 자듯 온전하게 유지되지 않는다. 뇌졸중이나 심근경색증 같은 심혈관계 질환이나 폐색전증 같은 허파 질환으로 사망한 경우 이삼 일만 내버려 두면 엄청난 양의 피와 액체가 몸에서 쏟아져 나온다. 목을 매고 숨을 거두면 직립한 채로 늘어진 사체가 근육을 조절하는 힘을 잃은 탓에 온갖 오물을 배설해놓는다. '인간의 육체는 유기적인 화학 공장과 같다'는 표현은 상투적이지만 꽤 적절한 비유 같다. 사람이 죽으면 박테리아가 증식하여 온갖 장기가 부풀어오르고,

풍선이 팽창하다가 폭발하는 것처럼 복부가 터지며 온갖 액체를 몸 밖으로 쏟아낸다. 성인 남성을 기준으로 할 때 몸에서 수분이 차지하는 비중은 무려 65퍼센트. 인체의 유기 물질과 체내 수분이 함께 쏟아진 뒤 부패하면서, 지하의 창문과 벽을 넘어 골목 어귀까지 이토록 비극적인 냄새를 뿜어댄다.

 젖은 솜이불을 위생 봉투에 담으려면 어떻게든 조그맣게 말아서 부피를 줄여야 한다. 하지만 피와 온갖 부패액을 담뿍 머금은 솜이불을 다루는 일은 절대 쉽지 않다. 우선, 젖은 솜이불은 무거워서 건장한 성인 남자가 양손으로 힘껏 부여잡아도 함부로덤부로 가누기가 어렵다. 게다가 잠시라도 방심하면 팔뚝과 가슴 부위를 피로 떡칠할 수 있어서, 이불을 움켜쥔 손을 내 몸에서 가능한 한 멀리 떨어뜨려야 한다. 흡사 싸움하듯 이불의 멱살을 쥐고 버티는 것 같다.
 솜이불을 말아서 봉투에 나눠 담자 이마에 고인 땀이 흘러 두 눈을 찌르고 입에선 단내가 난다. 이때쯤이면 냄새 따위는 골칫거리에 들지도 못한다. 언제나 고통이란 더 극심한 고통에 순위를 내주곤 잠잠해지게 마련이다.

두꺼운 솜이불을 모두 걷어내자 또 한 번 낯선 광경이 펼쳐진다. 장판엔 얇은 담요 여러 채가 어지럽게 깔려 있고, 마치 마술사가 남긴 원형의 결계나 마법진처럼 수많은 양초와 향초가 다 타고 녹아서 파라핀의 밑동만 남긴 채 바닥에 눌어붙어 있다. 그 안에는 핏물에 전 공책 여남은 권과 알아보기 힘들 만큼 자잘한 글씨가 써 있는 종이들이 흩어져 있다. 티브이나 컴퓨터도 없다. 냉장고 안은 텅 비었다. 다만 플러그가 뽑힌 채, 검붉은 핏물이 양갱처럼 굳어가는 장판 바닥에 널브러져 반쯤 잠겨 있다. 냉동칸을 열어보았지만 그 속에는 냉기조차 없다.

사람이 진짜 살던 곳인가? 무소유를 추구하는 불자 같은 삶인가? 플라스틱 서랍장에는 고작 얇은 티셔츠 몇 벌과 허리띠 하나, 그 위쪽 칸에는 흰색 약 봉투 뭉치가 가득 들어차 있다. 처방전에는 한 대학병원의 신경정신의학과가 진료 기관으로 기재되어 있다. 누군가 이 지경으로 살아야 했다면 그 마음은 지옥 같았으리라.

바깥에서 자물쇠로 문을 잠근 채 하루 한 끼의 공양만을 받아들이며 목숨 걸고 용맹정진한다는 불가의 무문관無門關 수행. 그 엄격하다는 불자의 수련도 이 먹을 것도, 온기도, 누군가 찾아와준 흔적도 없는 지하의 삶보다 절박하지 않을 것 같다. 죽은 이는 전기를 스스로 막고, 암막 커튼으로 세상과 담을 쌓고, 그것도 모자라 움막처럼 이불을 덮어쓴 채 촛불을 밝히고 그 안에서 필사적으로 무엇인가 써 내려 간 것 같다. 그러던 어느 날 마침내 죽음에 이르렀고, 사람 들은 그제야 비로소 그를 찾아내 바깥세상으로 끄집어냈 다. 그를 찾아냈다기보다는 악취를 풍기는 원인을 찾아낸 것이리라.

공책과 종이에는 무엇을 그토록 집요하게 새겨넣었을 까? 기록 가운데 그나마 숫자만 알아볼 수 있었다. 불규칙 한 숫자의 행렬, 그리고 답안지 채점하듯 그려놓은 동그라 미와 가로 세로의 직선들…. 연속적인 의미도, 독립적인 의 도도 도저히 파악할 수 없는 것들이다. 잊지 않도록 자신에 게 남긴 비망록일까? 아니면 바깥에 있는 인간을 향해 전하 고 싶던 메시지일까? 그가 그토록 필사적으로 남긴 기록은 망상이나 환각, 우울증 같은 만성적인 정신 이상의 증거 자 료에 불과한가? 그의 삶이 진짜 지독한 수행 같은 것이었다 면 죽을 만큼 혹독한 고행의 결과로 마침내 도달한 진리는 무엇일까?

지하의 살림을 비우고 구석구석 청소를 마칠 때까지 그

의 삶을 이해할 수 있는 단서라곤 아무것도 찾을 수 없었다. 스스로 지하에 유폐한 생활, 어둠 속에 칩거하며 두꺼운 이불을 뒤집어쓰고 홀로 죽음에 이르기까지, 그가 무엇에 몰두했는지 도무지 알 수가 없었다. 하지만 이 집에 머무는 며칠 동안 그에 대한 의문을 거듭할수록 깨달은 것이 있다면, 이곳에서 무엇을 보았든 그것은 그저 내 생각의 반영이라는 것이다.

이 집을 치우며 지독한 고독을 보았다면 그것은 결국, 내 관념 속의 해묵은 고독을 다시금 바라본 것이다. 이 죽음에서 고통과 절망을 보았다면, 여태껏 손 놓지 못하고 품어온 내 인생의 고통과 절망을 꺼내 이 지하의 끔찍한 상황에 투사한 것일 뿐이다. 젊은 나이에 미쳐서 스스로 돌보지도 못하고 죽어버린 한 불행한 남자를 보았다면, 마치 인생의 보물인 양 부질없이 간직해온 내 과거의 불행함을 그 남자에게 그대로 전가하고는, 나는 결백하답시고 시치미 떼고 있을 뿐이다. 나는 언제나 나 자신을 바라보듯 타인과 세상을 바라보는 것 같다. 그것이 내가 이 지하 방에 관해 알게 된 유일한 진실이다.

단 한 번도 만나본 적 없는 남자, 짙은 어둠 속에서 이불을 뒤집어쓰고 초에 불을 붙이는 그의 얼굴을 떠올린다. 그때 그곳의 어둠은 너무나 깊고 혹독했기에 심지를 태우며 촛불이 타오르는 순간만큼은 몹시 눈부시고 환했으리라. 흔들리는 불빛 앞에서 그의 얼굴은 얼마나 순수하고 뜨거웠을까? 그런 상상을 하자니 갑자기 눈물이 내 앞의 세상을 흐려놓는다.

'그는 자신의 인생을 살았을 뿐이다. 운명을 맞이한 순간까지 그는 죽을힘을 다해 자기 삶을 살았을 뿐이다.'

시나브로 흐린 세상이 걷히고 마음이 편안하다. 이제 눈물을 지우고 말개진 마음으로 이불 속 촛불 앞에서 환하게 미소 짓는 편안한 얼굴을 그려본다. 오늘은 그런 당신의 얼굴을, 내일은 그런 내 얼굴을 보고 싶다.

이 집을 치우며 지독한 고독을 보았다면
그것은 결국,
내 관념 속의 해묵은 고독을 다시금 바라본 것이다.

숨겨진
것

아파트 엘리베이터에서 함께 내린 남자가 앞서 모퉁이를 도는 우리를 황급하게 불러 세운다. 엘리베이터가 상승하는 동안에 그는 몇 번이나 마른기침을 해서 앞에 서 있던 중년 여인이 슬쩍 돌아보기도 했다.

— 잠깐만요. 두 분만 보고 오시면 안 돼요? 아니, 그냥 두 분만 보고 오세요. 저는 여기에서 기다리겠습니다.

우리가 가야 할 710호는 비상계단 앞에 있는 복도 끝 마지막 집으로, 개방형 복도를 따라 아홉 가구를 지나쳐야 한다. 현관문 앞은커녕 칠 층의 첫 세대가 시작되는 이 모퉁이조차 넘어서지 못하겠다는 것인가? 집주인인 누나는 집안의 유일한 남자랍시고 동생을 대리자로 보냈지만, 그는 기대에 부응하지 못하고 일찌감치 백기를 들고 말았다. 노년의 나이에 접어든 남자라도 무섭고 꺼림칙하긴 매한가지. 생각해보면 나이와 성별이 무슨 방패가 될 수 있을까? 사람이 자살하고 오랫동안 발견되지 않고 방치된 집, 게다가 죽은 이가 한 사람이 아니라 두 사람이다. 세입자들이 동반 자살한 집을 살펴보는 것은 누구라도 주저할 일이다. 내게 익숙해진 일이라고 누구나 할 수 있길 기대해선 안 된다.

— 그럼 내려가서 기다리세요. 제가 집 전체 사진을 찍어서 함께 보며 의논하는 방법도 있습니다. 살펴보고 일 층으로 내려가는 대로 전화를 드리겠습니다.

현관문 손잡이 위로는 오백 원 동전보다 약간 큰 구멍이 나 있다. 안에서 잠긴 문을 여느라 전동 드릴에 홀 커터를 달아서 자물쇠 장치를 도려낸 것이리라. 문 앞엔 미납금으로 인해 도시가스 공급을 중단하겠다는 안내문이 여러 장 붙어 있다. 그보다 약간 위쪽에는 마치 불운을 불러오는 부적처럼 노란 종이에 붉은 글씨로 "예고한 대로 도시가스 공급을 중단했다"라고 인쇄된 '도시가스 공급 중지 완료 통보장'이 바람에 파르르 떤다. 그 주변엔 등기 우편물의 도착을 알리는 또 다른 안내장이 무질서하게 붙어 있다.

부적이 붙은 곳은 현관문이 전부가 아니었다. 집 안으로 들어서자 냉장고와 티브이, 컴퓨터, 세탁기 같은 가전제품에 흔히 '빨간 딱지' 혹은 '차압 딱지'라고 불리는 빨간색 압류물 표목에 제호와 날짜가 기재되어 여러 군데 붙어 있다. 숫자를 세어보니 일곱 장이다. 행운의 숫자만큼의 압류품. 이 딱지는 값을 치르고 이것을 사용하던 사람에게 무슨 일이 닥치든 말든 주인 행세할 자가 따로 있다는 뜻이다. 이 조그만 종이들을 허락 없이 떼는 것만으로도 법률을 어기는 것이다. 실로 무시무시한 효력을 지닌 현실 세계의 부적이다.

집주인의 동생은 집 안의 사진을 보겠냐는 질문에 처음엔 고개를 가로저었다가 차압 딱지가 여럿 붙어 있다는 말을 건네자 그제야 정색하며 사진을 보여달라고 했다.

— 이 압류물 표목이 붙어 있는 한 누구라도 살림을 함부로 처분할 수 없습니다. 임자가 따로 있는 셈입니다. 먼저 이 딱지를 붙인 법원집행관에게 연락해서 상황을 알리고 압류를 신청한 자가 누구인지 알아야 합니다. 법률적인 조언이 필요하시면 이런 일에 밝은 법무 대리인을 안내해드리겠습니다.

조언을 받아들인 집주인의 동생은 그날 이후로 수시로 진척 상황을 알려왔다. 압류를 신청한 채권자는 신용카드 회사로, 채무자인 중년 부부가 자살했다는 소식을 접한 즉시 채권 회수를 포기했다고 한다. 사람이 죽고 오래 방치된 집에 있던 가전제품들이 재산이 되기는커녕 도리어 돈을 지불하고 처리해야 할 골치 아픈 쓰레기라는 사실을 숱한 경험을 통해 파악한 것이다. 신용카드 회사가 압류 해제를 신청하고 법원이 접수하여 그 해제 절차를 완료하기까지 한 달 정도 걸렸다.

　다시 그 집을 방문했다. 처음 연락을 받고 왔을 때 그들이 사망한 지 이미 오 개월쯤 지났을 무렵이니 결국 내가 집을 비우러 나서기까지 반년이 훌쩍 지나버렸다.

　자식 없이 두 사람만 살았다고 하기엔 너무나 많은 세간으로 가득 차 있었다. 그 덕분에 사람이 머물고 움직일 수 있는 공간은 협소했다. 작은방의 서랍엔 소위 명품이라 불리는 고가 브랜드의 종이 가방과 주머니, 보증서로 가득했다. 정작 알맹이인 명품은 간데없고 그것이 있었다는 증거만 남은 셈이다. 먼 지방에 거주하는 유족들이 몇 번이나 드나들었다고 하더니 돈이 될 만한 것은 모두 가져갔을까? 생전에 이들이 누리던 사치와 고급스러운 취향이 가족들과 친척들의 부러움과 질시를 샀는지도 모른다.

그 밖에도 집 안에는 장식적인 소품들이 유난히 많다. 자식 없는 부부라 서로 더 애틋했는지 이십 대 신혼부부 못지않게 사랑을 모티브로 한 낯간지러운 장식물과 인형, 액자 여럿이 곳곳을 채우고 있다. 이 많은 사랑의 상징물과 경구 앞에서 착화탄에 불을 붙이고, 로만셰이드가 천장에 드리워진 침대에 누워 죽음을 기다렸을 이들을 생각하니 가슴이 아프다. 누구보다 화려하게 살고 싶었고 누구보다 서로에게 사랑을 갈구하고 그것을 확인하며 살고 싶었는지도 모른다.

그 누구라도 자기만의 절실함 속에서 이 세계를 맞닥뜨린다는 것을 부정할 수 없다. 사치의 이면에는 어릴 때부터 뼈에 사무친 경제적 결핍감이, 사랑의 소품으로 집 안 곳곳을 장식하려는 마음 밑동에는 사랑받지 못하고 버림받을지 모른다는 두려움이 뿌리를 내린 채 복잡하게 얽히고설켰는지도 모른다.

두 사람이 함께 누워 운명을 맞이했을 침대는 흑갈색 얼룩으로 물들어 있다. 어쩌면 이 죽음의 얼룩이야말로 함께 생업을 꾸려온 부부의 마지막 협업일지도 모르겠다. 참담하게 부패한 이 침대를 밝은 지상 세계로 옮기기 위해선 매트리스를 해체하고 프레임을 분해해야 한다. 피와 분비물로 오염된 매트리스를 해체하는 일은 성가시고 까다롭다. 이런 고급 매트리스일수록 구조가 더욱 복잡하다. 게다가 두 구의 시신에서 나온 피를 비롯한 분비액을 모두 흡수한 상황이니 평소보다 더 주의를 기울여야 한다.

먼저 피 묻은 이불과 담요를 비닐에 담고, 매트리스의 삼면을 에워싼 지퍼를 열어 첫 번째 커버를 벗겨낸다. 이어서 모서리를 따라 촘촘히 박힌 대형 스테이플러 핀을 니퍼로 끊어낸다. 핀을 제거해도 또 다른 박음질이 안쪽에 있는지 표피층의 직물은 여간해서 벗겨지지 않는다. 매트리스에 올라타 피가 묻지 않은 부분에 발을 붙이고, 투우사가 소뿔을 붙잡고 한바탕 사투를 벌이듯 직물의 끝을 붙잡고 위로 뜯어낸다. 힘겹고 사나운 작업이다. 방독마스크의 안쪽 호흡구에는 일회용 종이컵에 마저 비우지 못하고 남은 물처럼 땀이 고인다.

이어서 고급 매트리스에만 내장되는 두꺼운 라텍스 폼을 벗겨낸다. 매트리스의 단층을 하나하나 제거할 때마다 피의 얼룩은 조금씩 작아진다. 라텍스 폼을 뜯어내고 면 재질로 만들어진 또 다른 단층을 뜯어내자 비로소 한 덩어리 였던 피의 얼룩이 두 개의 길쭉한 타원으로 나뉜다. 이윽고 스프링을 감싼 흰색 부직포 커버가 드러나자 비로소 두 육 체가 만들어낸 각각의 피 얼룩으로 또렷이 나누어진다. 동 그란 얼룩 두 개가 이곳에 두 사람이 있었다는 증거이자 한 자리에 누워 함께 죽었다는 증거일 것이다. 한날 한자리에 서 죽음을 맞이한 두 존재의 명백한 증거.

이제 앙상한 강철 뼈대만 남겨진 매트리스를 벽에 세워 두고, 전동 드릴로 나무 프레임을 분해한다. 무거운 원목 널 판은 사람이 썩어가며 뿜어낸 기름기가 잔뜩 묻어 고무 장 갑으로 붙잡아도 자꾸만 미끈거린다. 넓적한 머리 판을 붙 잡아 놓치지 않도록 주의하며 벽 쪽으로 돌리는데 뜻밖에 "찰카당" 하며 금속이 맞부딪히는 소리가 들린다. 동작을 멈추고 아래를 내려다보니 서슬이 새파랗게 벼려진 식칼 두 자루가 놓여 있다.

침대 옆에 칼이 있다니. 경찰도 미처 발견하지 못한 것이 다. 이 구석에 칼이 숨겨져 있던 이유는 무엇인가? 부부가 함께 준비한 것일까, 아니면 한 사람이 비밀리에 준비한 것 일까? 착화탄 자살이 뜻대로 되지 않았을 때를 대비해 한 번 더 완전한 자살을 결행하려고 마련해둔 것일까, 아니면 동반 자살하려던 둘 중 한 사람이 마지막 순간에 마음을 돌리고 혼자라도 살려는 의지를 보이면 그것을 막고 같이 죽을 것을 강제하기 위해 준비한 것일까? 후자의 목적이라면 굳이 칼이 두 자루 준비되어야 할 이유가 있는가?

그런 생각이 잇따르자 안타까운 심정으로 가라앉았던 마음에 소용돌이가 인다. 방호복 안쪽에 뜨겁던 체온마저 뚝 떨어진 기분이다. 등줄기를 타고 흐르는 땀방울이 차갑다.

이 숨겨진 칼 두 자루는 함께 죽는 것으로나마 관계가 이어지길 바라는 사랑의 상징인가, 아니면 배신과 원망의 상징인가? 내가 믿고 싶은 쪽은 어떤 결말일까? 오늘 나는 고통이 깊게 드리운 이 공간에 혹시나 남겨져 있을지 모를 한 줌의 온기라도 찾으러 온 것인가, 아니면 우리가 직면한 이 세계가 차갑고 비정하기 짝이 없음을 증명할 흔들림 없는 근거를 발견하러 온 것인가?

집을 계속 정리하면서 두 사람의 관계가 온전하지 않았음을 암시하는 증거들을 연이어 발견했다. 함께 찍은 대형 사진 한 조각이 칼로 도려진 채 거실 바닥에 떨어져 있고, 침대가 있던 안방 문 안쪽 면에 연분홍색 립스틱으로 '개새끼'라고 쓴 흔적도 발견했다. 서로에 대한 분노가 얼마나 극에 달했는지 짐작할 수 있다.

하지만 나는 여전히 사랑의 결말을 보고 싶어 한다. 비록 사진 조각은 떨어져 나왔지만, 그 조각의 나머지 사진들로 채워진 액자는 거실 구석에 가지런히 정리되어 있다. 사진을 칼로 도려낸 것이 끝이 아니라 그 뒤에 액자를 벽에서 떼내고 정리해둔 것이다. 개새끼라고 써진 문도 한참을 바라보고 있자니, 쓰고 나서 물티슈 같은 것으로 글자를 지우느라 두루뭉술하고 희미하게 번졌다는 사실도 알아챘다. 개새끼라고 쓴 순간으로 끝난 것이 아니라 그것을 지우는 행동이 뒤따른 것이다.

숨겨진 칼이 사랑의 상징일 거라는 생각은 너무나 감상적인지도 모르겠다. 칼이 그 자리에 있는 진짜 이유는 사실 전혀 알 수 없다. 하지만 그 칼이 사랑에 이르지는 못할지라도 최소한 사랑을 지향했다고 믿고 싶다. 관계를 절단하고 소멸시키기 위한 것이 아니라 죽음을 통해서라도 억지로 연을 이어가려는 숨겨진 증거라고 믿고 싶다. 같은 날 태어나지는 못했더라도 세상과의 작별만은 한날한시로 하고 싶은 소망. 부부가 생애 기억 가운데 단 하나만이라도 온전히 간직하려는, 그들만의 조그만 훈장 같은 것이라고 믿고 싶다.

자기가 보고 싶고 희망하는 세계만 만나려는, 편견 가득한 청소부의 근거 없는 믿음이라고 해도 딱히 부정할 재간은 없다. 하지만 그 믿음을 마음 한켠에 고이 묻어두고 이따금 생각나면 보러 갈 작정이다. 그런 믿음이 싹도 틔우지 못하고 그 자리에서 시들어버리면 나는 이 세계에서 단 하루도 온전히 버틸 자신이 없다.

바람에 꽃씨 날리는 봄이 그립다.

쌍쌍바

이제 막 문을 열어 인적이 드문 백화점의 월요일 아침. 의류 매장 앞에 설치된 널찍한 가판대 위에는 저마다 다른 색깔과 무늬의 옷들이 가지런히 접힌 채 열을 맞춰 누워 있다. 중년 여성 두 명이 잠시 그 앞에 머물다 떠나자 정돈된 세계는 온데간데없어진다. 멀찌감치 서 있던, 머리가 길고 앳된 점원이 다가와 빠른 재생 화면처럼 능숙한 솜씨로 옷을 갠다. 태극권을 하듯 무심하지만 정확하고 낭비 없는 손놀림. 옷들이 널브러진 가판대에 다시 태초의 질서가 부여된다.

　모퉁이에서 화장실에 간 일행을 기다리며 그런 장면을 보고 있자니 문득 그녀의 방이 떠오른다. 지독하다 싶을 정도로 완벽하게 정리된 단칸방. 그녀는 그 방에서 일생의 마지막 청소와 정리정돈을 마치고 목을 매 스스로 목숨을 끊었다.

　머리가 하얗게 센 모습에 비하면 체구가 건장한 노인이 건물 앞에서 팔짱을 끼고 기다리고 있었다. "지금이라도 당장"이라는 요청에 따라 부랴부랴 길을 나섰지만, 우리가 도착했을 때 골목은 벌써 어둑어둑했다. 죽어버린 여자로 인해 다른 세입자들의 아우성을 감당하느라 얼마나 괴롭고 난처했는가에 대한 격정적인 토로를 마치고, 건물주는 한결 홀가분해진 표정으로 열쇠를 건넸다. 체구에 비하면 가늘고 긴 손가락, 손등을 감싸는 잔털조차 밀가루가 묻은 것처럼 새하얗다.

지하 복도 끝에 있는 방에는 지독한 냄새가 기다리고 있다. 현관문을 열고 들어서니 머리 위에서 타이머 전등 또한 오래 참았다는 듯이 "팟" 하고 불을 밝힌다. 방 한쪽 벽에 붙어 있을 전등 스위치를 찾을 새도 없이, 순간적인 빛 아래 비극적인 상황은 숨김없이 전모를 드러낸다. 방 안에는 도시가스의 배관이 정사각형 천장의 한쪽 변을 따라 길게 연결되어 있고, 그 파이프에 일 미터 정도 길이의 주황색 빨랫줄이 끝마디의 실타래가 풀어진 채 매달려 있다. 그녀는 그 파이프에 묶은 줄로 고리를 만들고 스스로 목을 매 죽은 것이다. 그것을 증명이라도 하듯 빨랫줄에 맞닿은 벽지는 거꾸로 그린 거대한 물음표 모양으로 피가 검붉게 물들어 있다. 무엇이 그녀를 자살로 이끌었을까?

사다리를 밟고 올라서 빨랫줄의 매듭을 하나하나 푼다.

이 줄을 푼다고 죽은 이의 가슴에 굳게 맺혔을 슬픔마저 풀리지는 않겠지. 피에 젖은 벽지를 뜯어내고 바닥에 흥건히 젖어 있는 이부자리를 걷어서 위생 봉투에 밀봉한다. 참혹한 흔적을 어느 정도 치워내자, 비로소 마음이 놓이고 그 방의 구체적인 모습이 시야에 들어온다.

사람이 죽었다는 생각만 지운다면 아주 깨끗한 방이다. 먼저 옷걸이용 행어가 눈에 띈다. 바지는 바지대로 에리하게 날을 세운 채 일렬로 걸려 있고, 코트나 점퍼는 보관용 커버가 씌워져 일정한 간격을 두고 매달려 있다. 옷은 행어의 가로 봉을 따라서 긴 것부터 짧은 것 순으로 점층적인 형태로 걸려 있다. 플라스틱 서랍장에는 양말과 속옷이 색깔별로 구분되어 있고 부채꼴로 접혀 수직으로 차곡차곡 포개져 있다. 실로 완벽한 정리정돈이다. 샴푸나 보디클렌저 용기의 펌프 노즐이 향하는 방향도 어디에서건 정북방을 가리키는 나침반처럼 한 곳만을 향한다. 문득 화장실 거울 앞 양치용 컵에 나란히 놓인 칫솔 두 개가 눈에 띈다. 혼자가 아니었던 것일까? 면도기는 발견되지 않았지만 화장실 벽면에 붙은 플라스틱 수납장 안에는 남성용 면도날 카트리지 세트가 놓여 있고, 그중 두 개는 비어 있다.

부엌살림을 치우면서 그녀와 함께 머물던 이의 존재가 드러났다. 혹은 존재의 부재가 드러났다고 할까. 싱크대 위의 수납장과 서랍 안에 숟가락과 젓가락, 밥공기와 국그릇은 모두 쌍을 이룬다. 인스턴트 라면도 종류별로 두 개씩, 즉시 데워서 먹는 카레도, 바나나처럼 구부러진 과자도, 찻잔은 물론 찻잔 아래 까는 티코스터조차 두 개씩이다. 남은 술은 한 병이어도 소주잔과 맥주 컵만큼은 저마다 두 잔씩….

저 혼자서 스스로 삶까지 끝내버린 싱글 여성에게 남겨진, 먹는 데 쓰는 살림만큼은 싱글이 아니라 더블인 셈이다. 모든 것을 완벽하게 정리했어도 그와 함께 먹는 데 쓰는 물건만큼은 차마 버릴 수 없었을까? 먹고사는 일, 어쩌면 그것이 우리 삶에서 절대 도려낼 수 없는 가장 뿌리 깊고 본질적인 것일지도 모른다. 인생이란 것이 아주 복잡하게 얽히고설킨 것처럼 보여도 사실은 그 모든 것이 함께 먹고살려는 단순한 동기에서 비롯되지 않았을까. 부정한 방법으로 최고 권력을 탐한 자도, 빵을 몇 개 훔쳐 가슴에 품고 달아난 자도 결국 식솔과 함께 먹고살기 위해서라는 가장 원초적인 스타팅 블록[10]에 발을 디디고 출발한 것인지도 모른다.

----

10 육상 선수가 트랙의 출발선에서 발을 디디는 데 쓰는 장치.

하지만 살다 보면 출발지는 어느새 잊히게 마련이고, 도착하는 지점 또한 애초의 목적지와는 거리가 멀어진다.

냉장고 속 음식을 비우고 나서 위쪽 냉동 칸을 연다. 서늘하고 텅 빈 가운데에 쌍쌍바 하나만이 냉기를 품은 채 놓여 있다. 둘이 사이좋게 쪼개서 나눠서 먹도록 만들어진 빙과. 각자 먹을 수 있는 두 개의 빙과가 아니라 굳이 쌍쌍바를 골라서 나눠 먹으려던 애틋한 마음이 나를 흔든다. 나 같은 직업을 가진 자는 일을 하면서 감정이 동요하지 않도록 늘 마음을 다잡지만, 차갑게 얼어붙은 쌍쌍바만은 냉정함을 지키고 바라볼 수 없다. 생각해보면 나는 작고 사소한 것에 더 크게 흔들렸던 것 같다.

그녀와 함께 먹고 마시던 자는 그렇게 먹을 것 하나로 존재를 선명하게 남겨놓았다. 쪼개서 나눠 먹는 빙과류가 전하는 아찔한 존재감. 그가 사라지자 그녀의 삶, 그녀가 먹고 살아가야 하는 이유가 송두리째 사라진 것은 아닐까? 그의 부재가 그녀의 존재를 온통 흔들어놓은 것이 아닐까?

백화점에서 일행을 기다리며 단 한 번도 본 적 없고 이름조차 모르는 그녀의 마지막 수고, 방을 쓸고 닦고 묵묵히 빨래를 개는 모습을 하릴없이 떠올린다. 그토록 쓸쓸하고 외로운 풍경을 당신은 일찍이 상상해본 적이 있는지.

사랑하는
영민 씨에게

안녕하세요? 이름이나 태어난 곳, 지금 사는 곳을 밝히지 않아도 제가 누구인지 당신은 알고 계시겠죠. 하긴, 그런 것이 당신에겐 그다지 중요하지 않을지도 모릅니다. 자기소개 같은 이 세상의 인사법은 어쩌면 여기에 머물러 있는 자에게나 통용될 만한 것이니까요.

다만 당신이 여전히 살아 있다면 우리가 같은 나이의 남성이라는 점만은 밝히고 싶군요. 어릴 때 열광했던 만화의 주인공도, 소중히 여겼던 장난감도, 친구들과 몰려다니며 전자오락실에서 즐겨 했던 게임도 엇비슷했으리라 생각합니다. 우리가 청소년 시절에 따라 부르곤 했던, 또 성인이 되어서 친구와 어울리며 함께 노래방에서 부르던 유행가도 겹치는 것이 많았겠죠.

두꺼운 앨범 사이에 정리되지 않은 채 꽂혀 있다가 우연히 바닥으로 흩어진 사진들 사이에서 군 복무 시절의 당신 모습을 보았습니다. 지금은 이름은커녕 얼굴조차 낯선 동기들과 함께 찍은 제 훈련병 시절의 초췌한 모습처럼 당신

역시 야위고 창백한 얼굴이었습니다.

당신은 오랫동안 병을 앓았던 것 같아요. 당신이 쓰러진 곳 주변엔 많은 양의 피가 굳어 있었습니다. 엎드려서 토했을 뿐만 아니라 누운 채 기침을 했는지 검은 피로 베개와 침대의 이부자리가 물들었고, 작은 핏방울 여럿이 천장 높이까지 튀어 있었죠. 제가 사다리를 밟고 서서 직접 천장의 벽지를 뜯었기에 그런 사소한 부분까지 발견할 수 있었습니다.

당신은 매번 끼니마다 스무 알이 넘는 약을 드셔야 했지요? 약 봉투와 처방전이 당신의 어질러진 책상에 수북이 쌓여 있었습니다. 어쩌면 언젠가부터 약 먹는 일을 포기한 것은 아닐까, 우려가 들 만큼 많은 양의 약이 그대로 남겨져 있었습니다.

당신이 혼자 살기엔 무척 넓은 아파트였습니다. 당신이 쓰러진 채 발견된 작은방을 제외한 나머지 방은 살림살이가 어지럽게 쌓인 채 먼지가 잔뜩 앉아 있었죠. 한동안 아무도 드나들지 않아서 흡사 창고 같았습니다.

안방으로 썼을 법한 가장 큰 방의 책장 위에서 신문지로 감싸놓은 결혼사진 액자를 발견했습니다. 하얀 예복이 어울리는 남자는 무척 드물지만, 당신만은 예외로 하고 싶더군요. 그저 미소를 짓고 서 있는 당신과 달리 신부는 당신 앞에 앉아서 가지런한 이를 드러내며 환하게 웃고 있었습니다. 하얀 옷에 하얀 장갑을 낀 두 사람의 사진을 보면서 문득 겨울이 끝날 무렵 어둡고 바싹 마른 나뭇가지에서 보란 듯이 피어난 하얀 목련꽃이 떠올랐습니다.

결혼 액자들 옆에는 여러 스포츠 브랜드의 신발 상자가 가지런히 놓여 있었고, 그 안에는 꽤 많은 편지와 엽서, 카드 따위가 들어 있었죠. 흰색 드레스를 입은 그녀가 그동안 당신에게 썼다는 사실은 봉투마다 직접 쓴 예쁜 글씨만 봐도 알 수 있었습니다. 봉투와 엽서에는 한결같이 동그랗고 조그만 글꼴로 'To. 사랑하는 영민 씨에게'라고 적혀 있었습니다. 제가 이 모든 것을 유품으로 보존할지 물었을 때 당신의 동생은 한순간도 머뭇거리지 않고 사진과 편지는 남김없이 버려달라고 했습니다. 그때 비로소 당신과 그녀가 진작 헤어졌다고 짐작했습니다. 당신이 살아 있는 동안 소중하게 간직해온 여러 사연은 이윽고 거대한 봉투에 담겨서 몇 주 동안 여러 폐기물 처리 시설을 전전하다가 마침내 한 줌도 못 미치는 보잘것없는 회색 재가 될 것입니다. 바람이라도 불면 그마저도 오간 데 없이 흩어져 결국 아무런 흔적도 남지 않겠죠. 그런 생각이 들면 때때로 우울하고 무기력해집니다. 제가 심란한 이유는 어쩌면 이미 거기에 없는 무언가를 여전히 보기 때문인지도 모릅니다.

오늘은 오후 내내 당신의 동생에 대해서 생각했습니다.

우리가 소독 작업에 열중하던 이른 아침에, 이제는 아무런 살림도 남지 않고, 모든 방과 거실의 장판은 모두 뜯어져 사라지고, 벽지까지 모조리 벗겨서 그저 회색 콘크리트 벽으로만 존재하는 이 집에 당신의 동생이 찾아왔습니다. 출근하는 길에 일이 잘 마무리되는지 보러 잠시 들렀다고 했습니다.

침묵을 지킨 채 빠른 걸음으로 거실과 화장실, 베란다 여기저기를 둘러보던 그는 당신이 머물던 작은방으로 들어가서는 한동안 나오지 않았죠. 십 분이 넘도록 아무런 기척이 없자, 약간 걱정스러워서 슬그머니 그 방 앞에 가보았습니다. 당신의 동생은 방 한가운데에 우두커니 서서 문 쪽으로 등을 보인 채 양손으로 입을 막고 거칠게 어깨를 들먹이고 있었습니다. 저는 아무런 소리도 내지 않고 그토록 오랫동안 서서 우는 남자의 뒷모습을 여태껏 본 적이 없었습니다.

저는 당신의 동생을 그대로 내버려 둔 채 잠자코 걸음을 뒤로 물려야 했지요. 그러고서, 문을 열어놓고 사용했다가는 이웃에게 곧잘 항의를 받을 만큼 시끄러운 소리를 내는 전기 분무기의 스위치를 켜야 했습니다. 왜냐면 저는 당신의 동생처럼 아무 소리를 내지 않고 울지는 못하니까요. 고맙다는 말을 던지며 황급히 집 밖으로 나가는 그를 보고도 말문이 막혀 아무런 인사말도 꺼내지 못했습니다.

저에게도 형제가 있습니다. 우리는 일찍 부모를 여의고, 그저 일 년에 한두 번 전화로 안부만 물을 뿐 만나지 못한 지 오래되었죠. 제가 먼저 전화를 건 지도 꽤 오래된 것 같군요. 오후 내내 당신의 동생을 떠올리며 제 형에 관한 생각을 멈출 수 없었습니다. 언젠가 당신의 동생처럼 내 형을 위해 그토록 오랫동안 울어줄 수 있을까요? 그리고 형도 나를 위해 그렇게 한참 동안 소리 없이 어깨를 들먹이며 울어줄 수 있을까요?

오늘 우리가 떠나고 다음 주가 되면 인테리어 업자들이 찾아와 낡은 조명을 걷고 효율이 뛰어난 밝은 전등으로 바

꾸고, 새 모노륨 장판과 실크 벽지로 이 집을 단장할 것입니다. 당신 동생의 계획대로라면 곧 이 집은 부동산 중개인이 나서서 매각되고 새로운 주인을 맞이하겠죠. 그때가 되면, 부고를 듣자마자 찾아오겠다는 부모를 한사코 말려야 했던 당신의 동생도 이 아파트에 다시 찾아오는 일은 없을지도 모릅니다.

그곳에서 당신은 안녕하신지요?

이곳에 머문 며칠 동안 염치도 없이 당신이 집에 남기고 간 모든 것을 보았고 그 흔적을 지우고자 애썼지만 사실 당신에 대해 알게 된 것은 그다지 많지 않습니다. 우리는 그저 우연히 같은 해에 이 나라에 태어나, 당신이 좀 더 일찍 죽었고 나는 아직 살아 있을 뿐입니다. 그리고 당신이 서둘러 경험한 죽음을 향해 나 역시 잠시도 지체하지 못하고 한 걸음씩 다가설 뿐입니다. 우리 인간 존재는 그렇게 예외 없이 죽음을 고스란히 맞이합니다.

이곳을 치우며 우연히 알게 된 당신의 이름과 출신 학교, 직장, 생년월일이 다 무슨 의미가 있는지요? 그것은 당신에 대한 어떤 진실도 말해주지 않습니다. 하지만 이 집을 치우면서 한 가지 뚜렷하게 알게 된 것이 있다면 당신에 대한 것이 아니라 당신을 향한, 이곳에 남은 자들의 마음입니다.

당신은 사랑받던 사람입니다. 당신이 버리지 못한 신발 상자 안에 남겨진 수많은 편지와 사연을 그 증거로 제출합니다. 또 당신이 머물던 집에 찾아와 굳이 당신의 흔적을 보고 싶어한 아버지와 어머니, 홀로 방에 서서 눈물을 흘리던 당신의 동생을 증인으로 신청합니다.

그들은 당신을 사랑했습니다. 그것은 아마도 아직 당신이 살아 있을 때, 병에 걸려 고통 받으면서도 누군가를 사랑하는 것만은 절대 잊지 않았던 사람이었기 때문인지도 모릅니다. 당신이 남긴 모든 것은 결국 사라지고 지워질 테지만, 당신이 남긴 사랑의 유산만은 누구도 독점하지 못하고, 또 다른 당신에게, 또 다른 당신의 당신에게 끝없이 전해질 것이라고 믿습니다.

그들은 여전히 당신을 사랑합니다. 부디 이 사실 하나만은 당신에게 전달되길 바라며, 모자라고 부끄러운 글월을 부칩니다.

당신이 머문 곳을 치운, 이름 없는 청소부 올림.

2장

조금은 특별한
일을 합니다

특별한
직업

유니폼을 입은 여성들이 식사를 마치고 막 일어서는 참이
다. 회사원들이 몰리는 도심의 점심시간, 아직 우리 일행이
앉지도 못하고 있는데 뒤에서 또 다른 손님들이 들이닥친
다. 좁은 통로를 막고 있을 수 없어서 남은 음식 그릇이 그
대로 놓인 식탁 자리에 우선 앉고 본다. 어찌나 바쁜지 주문
을 하고서 십 분쯤 지나서야 종업원이 쟁반을 들고 와 그릇
을 치우기 시작한다. 음식의 절반은 그대로 남은 큰 냄비와
조그만 반찬 접시가 포개지고, 국과 밥그릇, 컵 따위가 순식
간에 쟁반에 담긴다.

　식당은 이미 만석인데다가 드나드는 식객으로 분주하지
만 내 옆에 선 종업원은 평온한 표정을 잃지 않고 제 할 일
을 한다. 왼손으로 냅킨 조각을 모으며, 행주를 쥔 오른손으
로 올림픽 심벌처럼 다섯 개의 원을 그리자 어수선했던 식
탁은 금세 말끔하게 비워진다. 과연 선수다. 식탁 치우기가
대회의 공식 종목으로 승인되어 출전만 한다면 메달은 떼
어놓은 당상 같다.

어질러진 것을 치우고 비운다.

그 점에서 내가 하는 일도 식탁 치우기와 다를 바가 없다. 식탁 위에 차렸던 것을 주방으로 옮기듯 그저 집에 있는 것을 끌어모아 집 바깥으로 내보내는 것이다. 매일 지구상의 모든 가정과 식당에서 일어나는 식탁 치우기는 내 일과 본질적으로 같다.

남은 음식을 치우는 일은 가볍고 쉬운 것, 죽은 사람이 남긴 육체 조각과 혈흔을 없애고 냄새나는 살림을 치우는 일은 무겁고 엄숙한 것이라고 누가 선을 그을 수 있는가. 특수 청소를 하는 것은 남다른 일, 특별하고 어려운 행위를 한다는 뜻이 아니다. 일상적이지 않은 상황에 대한 처치일 뿐 그 일 자체가 특별하지 않다. 누구라도 해야 할 일을 누군가가 대신하는 것뿐. 그래서 세무서가 발행한 사업자등록증엔 이 사업의 업태를 '서비스'라고 표기한다.

생산물로 대상화하지 않으므로 시간적으로는 생산과 동시에, 공간적으로는 생산된 곳에서 소비되어야 한다.[11]

경제학에서는 서비스를 이렇게 정의한다.

죽은 사람의 집을 청소하는 일은 눈에 보이는 뚜렷한 무언가를 만들어내지 않는다. 그때 그곳에서 일어나는 일을 목격하는 것 말고는 세세한 과정을 확인할 방법이 없다. 경제학의 딱딱한 정의에 얼추 들어맞는다. 생산품 하나 없이 그저 그 시간 동안의 행위로만 존재하는 일, 만들어내기는 커녕 그나마 남아 있는 것조차 그 자리에서 사라지게 하는 괴상한 서비스가 내가 하는 일이다. 식탁을 치우는 자가 특별한 자가 아닌 것처럼 특수청소업 종사자 역시 서비스를 제공해서 수익을 내는 지극히 평범한 사람이다.

'특수'라는 수식어를 앞세우지만, 여전히 우리 업종은 사람들 앞에서 모습을 드러낼 수 없는 유령직업 같다. 이런 직업이 존재한다는 사실조차 모르는 이가 많다. 특수청소업은 우리나라 세법에서 '사업 종목'으로도 존재하지 않는다. 그저 '일반청소업'의 거대한 카테고리에 종속된 채 숨어 있다.

"특수청소업을 시작하며 사업자등록을 하러 왔습니다"라고 해봤자 세무 공무원은 "네? 그런 종목은 없는데요. 모

----

11 박은태·박유현 저, 《경제학 사전》, 경연사, 2019년.

두 일반청소업이죠. 위생관리용역이나 해충방제업이라면 종목을 따로 설정할 수 있습니다만…" 하며 난색을 드러낼 지도 모르겠다.

2018년에야 비로소 대한민국 《직종별 직업사전》에 처음 등재된 '유품정리사'라는 직업도 독립적인 지위를 얻지 못하기는 마찬가지이다. 당시 직업사전의 개정 발간을 맡은 한국고용정보원으로부터 유품정리사에 대한 직무분석 자료를 검토해달라는 요청을 받아서 우리 실정에 맞게 직업 개요와 업무 내용을 바로잡아 공식 의견으로 제시했다. 또 미국 노동성 직업안전위생국Occupational Safety and Health Administration의 실례를 들며 표준직업분류상에서 신규 색인어를 추가해야 한다고 요구했다. 제시한 의견 대부분은 받아들여졌지만 '배관 세정원 및 방역원'이라는 직업분류의 하위 카테고리에서는 결국 벗어나지 못했다. 누군가가 사전에 일러놓은 대로 배관 세정원이나 방역원을 불러서 사람이 홀로 죽은 채 오래 방치된 집을 청소해달라고 부탁한다면 어떤 표정을 지을지 자못 궁금하다.

죽음 언저리에서 일하는 특수한 직종이라는 세간의 믿음 탓일까, 직접 찾아가야 하는 서비스업종이지만 도리어 사람들이 찾아오는 때가 종종 있다. 신문, 잡지, 티브이, 라디오 같은 언론계 사람은 물론이고, 숙제 준비를 도와달라는 대학생, 논문을 쓰는 박사, 통계를 제공해달라는 행정기관의 실무자와 연구원들…. 실로 다양한 사람이 만나자고 한다. 미술, 영화, 연극판에서 꾸준히 연락이 오더니 이제는 개인 비서까지 둔 몸값 높은 안방극장 드라마 작가들마저 찾는다.

— 특별한 일을 하시니까요.
— 누구나 할 수 있는 일은 아닌 것 같아요.
— 숭고한 일이잖아요.

부단히 그런 이야기를 듣다 보면 평범한 내가 점점 특별한 사람이 되고, 하는 일마저 대단해지는가? 천만에. 행여나 그런 달콤한 착각이 있다면 홀로 죽음을 맞이한 이의 집에 도착하는 순간 산산이 조각나게 마련이다. 또 마음 한구석에 그 특별함의 조각들이 미련처럼 쌓여 여전히 반짝거리면, 청소하며 집 안팎을 분주히 드나드는 동안 더욱 잘게 바스러지고 결국 먼지가 되어 허공에 흩어질 것 같다. 누군가의 죽음으로 생계를 이어가는 삶, 죽는 자가 늘어날수록 활기를 띠는 비즈니스. 그 직업적인 아이러니를 떼어놓고는 이 일을 설명할 수 없다. 죄책감이 내가 발을 디디고 선 땅이다. 뒤돌아보면 언제나 죄책감 위에 새겨진 기나긴 발자국이 저 멀리에서 나를 따라오고 있다. 움푹 들어간 자국이 깊고 선명하다.

금파리가 공중에서 윙윙거리고, 살 오른 구더기가 모퉁이마다 꾸물거리고, 송장벌레와 진드기가 기어다니는 곳에서 '특별함'이라는 왜소하고 부질없는 조각들을 찾아서 줍느니, 태풍이라도 소환해서 남겨진 발자국을 지우고 싶다. 누구도 묻지 않은 죄를 스스로 지우도록, 나는 매일 밤 꿈속에서나마 용서의 순례 길을 나서야 한다.

식당은 여전히 식객으로 미어터지고 시끌벅적하다. 소리 높여 주문하는 사람, 음식 값을 치르고자 줄 선 사람, 가위를 들고 김치를 자르는 이, 음식을 씹으면서도 상기된 표정으로 격렬한 토론을 벌이는 자들…. 혼란스러운 와중에도 종업원은 평온한 얼굴로 테이블 여기저기를 오가며 묵묵히 제 할 일을 할 뿐이다. 그녀의 평범한 움직임이 특별해 보이는 순간이다.

차라리 여기 있는 모든 것이 특별하다고 말하면 어떨까. 지금 여기에 모인 사람 가운데 특별하지 않은 이가 아무도 없다고 말하면 어떨까. 특별하다는 관념은 언제나 가치 없는 것이 있다는 믿음을 전제한다. 모든 것이 가치 있고 귀중하다면, 지금 여기에서 특별하지 않은 것이라곤 단 하나도 찾을 수 없다면 무척 행복하고 평화로울 것 같다.

사람을 살리는 의사도, 성적을 비관하며 아래만 바라보며 걷는 학생도, 수레를 끌며 엘리베이터 문에서 나서는 택배 배달원도, 커피 위에 우유 거품으로 무늬를 새기는 바리스타도, 승용차를 타고 출근길에 나서는 거주민을 향해 일일이 거수경례로 배웅하는 경비원도⋯. 어느 한 사람도 빠짐없이 모두 특별하다고 말하면 어떨까. 우리가 하는 모든 일이 고귀하다고, 그리고 내가 하는 이 일도 너무나 소중한 직업이라고⋯.

— 당신이 하는 일처럼 내 일도 특별합니다. 세상에 단 한 사람뿐인 귀중한 사람이 죽어서 그 자리를 치우는 일이거든요. 한 사람이 두 번 죽지는 않기 때문에, 오직 한 사람뿐인 그분에 대한 내 서비스도 단 한 번뿐입니다. 정말 특별하고 고귀한 일 아닌가요?

어느 한 사람도 빠짐없이 모두 특별하다고 말하면 어떨까.
우리가 하는 모든 일이 고귀하다고,
그리고 내가 하는 이 일도
너무나 소중한 직업이라고….

집을
비우는
즐거움

가장 많이 받는 질문 일 순위는 '일할 때 괴롭지 않은가'이다. 그리고 이 순위까지는 못 미치지만 '일을 마치면 어떤 보람이 있냐'는 질문도 흔히 잇따른다. 이를테면 질문의 세트 메뉴인 셈이다. 햄버거를 주문하면 감자튀김이 따라오는 이치랄까. 질문자의 취향에 따라 우직하게 햄버거만 추구하는 이도 있고, 기어이 감자튀김이나 콘샐러드까지 꼼꼼히 챙겨서 묻는 이도 있다.

이 세상에는 고난과 보람의 비례 법칙이라도 있는 것일까? 이따금 티브이 채널을 통해 극한직업을 소개하는 세계 각국의 프로그램을 보자면 일련의 고통스럽고 위험천만한 과정을 보여주고 나서는 어김없이 리포터가 "일하는 보람이 무엇인가요?"라고 질문하는 장면이 등장한다. 우리는 은연중에 일이 고될수록 보람도 덩달아 커진다는 믿음이 있나보다. 또 콘샐러드 같은 흔한 사이드 메뉴처럼 "왜 이런 힘든 일을 하게 되었나요?"라며 천연덕스럽게 마이크를 갖다 대는 장면이 나오는데, 그때마다 혹시라도 "오직 나

자신을 위해서"라고 용맹스럽게 답하는 자가 있을까 설레는 마음으로 지켜본다. "신형 게임기와 좀 더 높은 출력의 모터바이크를 사기 위해, 록 밴드의 월드 투어 콘서트를 보러 가기 위해서 나는 일합니다." 오롯이 나 자신을 위해 이 험난한 일을 선택했노라고 말하는 자가 과연 출현할까.

하지만 내 기대와는 달리 그들은 언제나 마이크를 앞에 두고 사뭇 경직된 표정으로 "가족 때문"이라고 답한다. 동서양이 다르지 않고, 초심자와 베테랑이 다르지 않다. 결국 가족을 부양하기 위해 돈을 벌어야 하고, 위험하고 힘든 일도 마다하지 않을 수밖에 없다. 그들이야말로 성자라고 부르고 싶다.

묻는 이가 기자가 아니라면 "힘들지 않으세요?"라는 질문은 흔히 임대인이나 건물관리인처럼 죽은 이와는 직접적인 연관이 없는 사람이 던진다. 유족은 경황이 없을 뿐만 아니라 슬픔과 스트레스로 참담한 심경이라 고인이 죽은 자리를 치우는 이가 힘들지 어떨지 챙길 만한 여유가 없을 것이다. 내가 그 상황에 놓여도 마찬가지 아닐까?

그동안 수없이 받아온 '일할 때 괴롭지 않은가'라는 실로 단순한 질문, 사실은 이 질문을 받을 때마다 매번 난처하다.

누구나 쉽게 받아들일 만한 적당한 대답을 준비했다가 술술 답변해도 좋을 텐데 융통성 없게도 매번 처음 받는 질문처럼 쩔쩔매며 답을 새로 생각해낸다. 사실 '힘들지 않은가?'라는 질문 자체에 이미 '그 일은 힘들 것'이라는 전제가 눅진하게 깔려 있어서, 기대에 부응해 그저 힘들다고 답하면 왠지 진실의 절반은 묻어둔 채 성의 없이 얼버무리는 것 같다. 그렇다고 힘들지 않다고 답하면 상대를 오히려 미궁 속에 빠뜨리는 것만 같아 난처하다. 그래서 그 질문을 받을 때마다 혹시 미처 돌아보지 못한 측면이 있는지 매번 자가 심리분석을 하듯 필사적으로 내면을 더듬어본다.

여러 수뇌부가 참여해 회의를 거듭한다고 가장 좋은 결정이 나오지 않듯 대답을 어떻게 할지 생각에 생각을 거듭한다고 해서 더 신묘하고 뾰족한 대답이 나오지 않는다. 유아 교육용 전자계산기로 태양계의 신비를 풀어보겠다고 나서는 아인슈타인의 먼 친척에게 기대를 거는 편이 더 낫다. 이렇듯 두뇌가 명석하지 않은 자가 생각이 많으면 삶이 고달파진다.

그리하여 오랜 생각 끝에 속으로만 뇌까릴 뿐 실제로는 단 한 번도 입 밖으로 내본 적이 없지만 내가 들려주고 싶은 대답은 이것이다.

— 힘들지 않다고는 말하기 힘듭니다.

실로 어이없고 모호하기 짝이 없는 답변이다. 기자나 직업 인터뷰어가 이 대답을 실제로 들으면 앞에 앉은 이의 뒤통수를 한 대 때려도 될지 말지 고민하면서 잠자코 물을 한 모금 들이킬 대목이다.

내 대답인즉슨, 힘든 것은 부정할 수 없는 사실이지만 힘들다고만 말하기엔 뭔가 꺼림칙한, 적잖이 즐거운 면도 있다는 것이다. 세상엔 즐거움으로만 가득한 노동도 없고, 오직 괴로움으로만 이루어진 직업도 없다. 나 같은 일을 하는 자에게도 즐거운 점 혹은 이점이 있으니 꽤 많은 이가 직업으로 선택하고 명맥을 유지할 수 있다. 어떤 동료는 근래에 이 직종이 사회적 관심을 받고 자문과 도움을 청하는 사람들이 나타나자 즐거워하는 것 같다. 자신의 직업적 견해에 쓸모가 생기고, 여러 사람에게 받는 주목이 좋은 것이다. 내색은 안 하지만 마지못해 인터뷰에 응하는 나로선 존경스러운 점이다. 또 한 직장에서 오랫동안 근무하다가 이 일을 시작한 동료는 매일 일하지 않고 스스로 일을 선택할 수 있는 융통성을 즐거움으로 여긴다. 싫든 말든 매일 출근해서 타의에 의해 주어지는 일만 하는 것에 비하면 이 일은 자기가 주도할 수 있다는 것이다. 개인사업자와 프리랜서에겐 장점이자 즐거움이지만, 자칫하면 방만한 경영으로 이어져 안정적인 소득을 위협하는 화근이 될 것 같다.

내가 이 일에서 찾은 즐거움 하나를 꼽으라면 단연코 '해방감'이다. 어쩌면 세상의 수많은 일 가운데 청소를 인생의 직업으로 받아들이고 새로 시작한 가장 큰 동기라고도 말할 수 있다. 악취 풍기는 실내를 마침내 사람이 마음 놓고 숨 쉴 수 있는 원래의 공간으로 돌려놓았을 때, 살림과 쓰레기로 발 디딜 틈 없는 공간을 완전히 비우고 아무것도 남지 않은 텅 빈 집으로 만들었을 때 나는 자유로움과 해방감을 느낀다. 살아 있는 자라면 필연적으로 코를 막고 기피하는 것을 요령껏 없애고, 서랍과 장롱, 수납장에 오랜 세월 고이 잠들어 있던 온갖 잡동사니와 옷가지를 끄집어내 집에서 탈출시키는 것. 그런 일이 나에겐 즐겁고 매력적이다.

일할 때 괴롭지 않은지 물으면 딱 잘라서 그렇지 않다고 답할 수는 없지만, 도저히 즐거운 점이라곤 없냐고 물으면 딱 잘라서 그렇지 않다고 답할 수 있다. 벽지가 뜯겨 나가고, 장판 한 장 없이 오로지 시멘트 벽만 남은 집을 보면 그제야 어깨에 긴장이 풀리고 자유로움과 해방감을 느낀다.

어느 날 또 누군가 '일할 때 괴롭지 않은가'라고 물으면 언젠가 한 번쯤은 이렇게도 대답해보고 싶다.

— 글쎄요, 그게 말이죠. 즐겁지 않다고 말하기도 힘듭니다.

들깨

—이 일을 시작하고 나서 일상에서 달라진 점이 있나요?
힘든 점이라든지….

볼펜을 꼭 쥔, 앳된 얼굴의 남성이 흔히 옥스퍼드 노트라
불리는 노란 종이 패드를 들고 내 앞에 앉아 있다. 숨소리
하나 놓치지 않고 받아쓸 기세다. 지난주에 이메일을 보내
와 자신은 예술대학에서 시나리오를 전공하는 학생이고 나
같은 특수청소 분야에서 일하는 사람의 이야기로 시나리오
를 쓰고 싶다고 했다.

—자주 받는 질문이죠. 인터뷰할 때마다 무슨 말을 할까 고
민하지만 여전히 대답하기 쉽지 않네요.

대수롭지 않다는 뜻에서 애써 웃었지만 정작 상대는 화
들짝 자세를 고쳐 앉으며 곤란한 질문이면 넘기자며 얼굴
을 붉힌다. 그의 긴장감이 고스란히 전해진다.

이 커피전문점에 들어왔을 때부터 천장이 신경 쓰였다. 에어컨이 뿜는 차갑고 건조한 바람 속에 예사롭지 않은 냄새가 스며들었기 때문이다. 직접 로스팅을 하는 커피전문점답게 벽과 패브릭 의자 곳곳에 짙게 배어든 볶은 커피콩의 메케한 향기도 아랑곳하지 않고, 천장에서 그 냄새가 무언의 독립적인 메시지를 보낸다. 아마도 석고로 만들어진 천장 타일 안쪽 어딘가에 고양이가 죽어 있을 것 같다. 앞서 언급했듯 여름철 장마 때 비 맞은 길고양이가 낡은 건물의 대형 환풍기나 덕트처럼 외부에 노출된 통로를 타고 실내 천장 틈 사이로 은신했다가 저체온증으로 죽는 일이 꽤 있다. 장마가 끝나고 며칠이 지나면 천장에서 이상한 냄새가 나는데 처리해줄 수 있는지 묻는 전화가 곧잘 걸려온다. 사람이든 고양이든 척추를 가진 포유류가 썩는 냄새는 한번 경험하면 다른 냄새와 오인하지 않을 만큼 고유하다.

— 아마도 여기 천장 어딘가에 고양이가 죽어 있는 것 같아요. 미세하지만 그 냄새가 나요. 제가 달라진 점이 있다면 바로 그런 점입니다. 일상에서도 늘 죽음과 연결된 느낌이 들어요. 이 카페 문을 열고 들어서서 이 자리에 앉아 있는 동안 고양이가 몸을 둥그렇게 말고 웅크린 채

썩어가는 모습을 떠올렸죠. 죽음이라는 관념에 늘 접속
중인 것 같아요.

— 아, 고양이가요?

학생은 기록하던 것을 멈추고 천장을 두리번거린다.

— 늘 그렇다면 진짜 힘드시겠어요.

— 글쎄, 바로 그것을 잘 모르겠어요. 이런 생각이 진짜 힘
들고 괴로운 것인지…. 늘 스위치가 켜져 있는 것 같아
요. 언제나 죽음에 관해 생각하다 보니 이것을 단순히
'괴롭다' 또는 '즐겁다'는 감각으로 나눌 수 없는 것 같아
요. 전등이 환하게 켜져 있으면 잠을 잘 이루지 못하는
사람도 있겠지만 또 누군가는 밝아도 여봐란듯이 쉽게
잠들곤 하잖아요. 제 경우는 이제 스위치를 켜둔 채 잘
자는 편이 된 것 같아요.

인터뷰가 한 시간 넘게 이어지자 잠시 쉬었다가 하는 게
어떻겠냐고 제안했다. 화장실 세면대 수도꼭지를 틀어 손
을 씻는데 문득 강원도 산골 마을에 이 년 정도 머물던 때
가 떠올랐다. 당시 한밤에 받았던 전화 내용이 마치 어젯밤

에 나눈 대화처럼 선명하다.

— 수고가 많소. 다리 건너 사는 김춘희요.
— 안녕하세요? 평안하시죠? 이 시각에 어쩐 일이신가요?
　급한 용무라도 있으신가요?

오후 네 시가 지나면 슬슬 해가 지는 산골 마을에서 오후
열 시가 넘어 전화가 걸려오는 일은 흔치 않다. 김춘희 할머
니는 자식들을 그리 멀지 않은 시내로 보내고 홀로 집과 밭,
선산을 지키며 가족이 나눠 먹을 감자 같은 채소 농사를 지
으며 소일하는, 연세 많으신 어르신이다.
　그 무렵 대중교통이라곤 고작 하루에 세 번 드나드는 버
스뿐인 외딴 마을에도 정부가 경쟁적으로 참여를 권장하는
농촌마을종합개발사업[12]의 뜨거운 입김이 불어와 시골의
눈 밝은 자들이 한창 엉덩이를 들썩였다. 전례 없이 막대한
규모로 개발사업 바람이 농촌에 불기 시작한 것이다. 농학
박사가 대표를 맡고, 스토리텔링에 능하다는 여행작가까지

12　과거 농림축산식품부가 고립화되는 농촌에 활력을 불어넣기 위해 권역별로 수십, 수백
　　억 원의 예산을 투입해 추진한 개발사업.

포섭한 컨설턴트 업체도 달라붙어서 이 좋은 기회를 놓칠
수 있냐는 식으로 풀무질하며 가세했다. 나는 컴퓨터를 다
룰 줄 안다는 이유로 마을 사무를 맡았다가 엉겁결에 사업
준비위원으로 위촉되었고, 온갖 서류 작성 업무를 도맡아
무척이나 분주하게 시청과 면사무소를 오가는 나날을 보냈
다. 그 와중에도 이 사업이 정말 시골 사람에게 도움이 될지
어떨지 의심과 확신을 반복했다.

— 요새 마을에서 무슨 사업하는 것 있지?

— 네. 농촌개발사업을 하지요.

— 자네가 무슨 일을 맡았는가?

— 네. 그냥 어른들 잔심부름하는 거죠.

— 그래, 수고가 많소. 마을에 가로등을 단다면서?

— 네. 전기 없이 태양열로 충전해서 켜는 친환경 가로등을
  설치한답니다. 밤에 마을이 어둡다고 면사무소에 민원
  이 많아서요. 벌써 결정된 것은 아니고 사업이 채택돼야
  하는데 아직 한참 멀었습니다. 몇 년이 걸릴지 몰라요.

— 마을 사람들이 등 달자고 그래?

— 네. 벌써 몇 년 전부터 어둡다고 민원이 많았다고 하시던
  데요.

— 그 사람들은 다 펜션인가 뭔가 하는 새집 지어서 들어온 외지 사람들이야. 등이 있으면 안 돼.

— 네? 가로등이 있으면 안 된다고요?

— 보오, 우리 밭 있지. 그쪽으로 가로등이 들어오면 안 돼. 밤에 불 들어오면 작물이 못 살아. 들깨가 다 죽는단 말이오. 그쪽으로는 가로등 하나라도 넣으면 안 돼. 내 말 알았는가?

뭐라 대답을 해야 할지 몰라 머뭇거리는데 할머니가 먼저 전화를 끊어버렸다.

벌써 십 년 가까이 지난 일인데도 그날 밤 전화를 받고 느꼈던 당혹감이 생생하다. '어두컴컴한 산골 마을이야 밝아지면 좋을 테지' 하는 생각은 얼마나 농사를 모르고서 하는 깜깜하고 막연한 것이었나. 밤새 꺼지지 않는 대낮 같은 조명 아래 입 없는 식물은 아우성 한 번 지르지 못하고 시들어갈 것이다.

커피를 한 잔 더 받아서 자리에 앉자 상대는 "차라도 제가 사드려야 하는데…" 하며 안절부절못한다.

— 사실은 잘 잔다고 착각하는지도 모르겠네요.

— 네, 착각이라니요?

학생은 급히 볼펜 쥔 손을 노란 종이 패드 위에 올리고 다시 받아쓸 자세를 갖춘다.

— 등을 켜놓고도 잘 잔다고 말씀드렸잖아요? 스위치를 켜놓고…

— 네, 언제나 죽음에 접속된 것 같다고 말씀하셨죠. 늘 죽음에 대해서 생각하는 것 같다고요.

— 어쩌면 이제 괴로운지 어떤지도 모르고 그냥 버티는 건지도 모르겠네요. 스스로 잘 지내고 있다고 생각하지만 사실은 그냥 견디는 것은 아닌지…. 그렇게 자주 받는 질문인데도 언제나 대답하기 어렵다고 느끼는 이유도 사실은 그런 점을 무의식중에 외면하기 때문인지도 모르겠네요.

세 시간 넘게 이어진 인터뷰를 마치고 잔뜩 허기를 느끼며 사무실을 향해 걸었다. 구립도서관을 지나고, 건널목 앞에서 보행 신호로 바뀌길 기다리는데 차도와 인도를 구분하는 연석 틈을 비집고 민들레 꽃씨가 조그만 행성처럼 둥글게 피어 있다. 용케도 그 좁은 틈새를 뚫고 해가 비치는 방향으로 자라, 마침내 결집한 꽃씨의 무리가 되어 새로운 여행을 떠날 채비를 마친 것이다. 척박한 도시의 잠들지 않는 불빛에 살아남은 들꽃이 반갑다.

그 밭의 들깨는 잘 자라고 있을까? 언젠가는 이 모든 사사로운 비즈니스를 물리치고 다시 한번 여행을 멀리 떠나고 싶다. 그 길에 만나는 들꽃에 손을 흔들어 안부를 전하고 싶다.

동료 여러분,

저는 염치도 모르고 그럭저럭 잘 버티고 있습니다.

그동안 별고 없으셨습니까?

흉가의
탄생

— 죽은 자의 집을 치우면서 귀신을 본 적이 있나요?

믿기 어려울지 모르겠지만 때때로 이런 질문도 받는다. 호기심이 왕성한 아이들이 어딘가에 떠도는 도시 괴담을 읽고 회사의 블로그를 비롯한 소셜미디어에 장난스레 물어볼 때도 있지만, 시사 월간지 기자나 새로운 작품을 준비하는 드라마작가처럼 숙련된 인터뷰어가 꽤 진지한 얼굴로 물어볼 때도 있다. 대개는 준비된 질문과 답변을 마치고 사담을 나누다가 농담처럼 슬쩍 물어보곤 하는데, 언젠가 한 경제지 기자가 공식 질문으로 준비해와서 '진짜 이 신문의 구독자가 그런 것을 궁금하게 여길까?' 하고 적잖이 당황한 적도 있다. "아까부터 거기 옆자리에 앉아 있네요"라고 짐짓 정색하며 답했을 때 볼펜을 떨어뜨리셨던 모 일간지 기자님께는 이 지면을 빌려 다시 한번 사과드립니다.

집에서 사람이 죽어 나가자 얼떨결에 애먼 사람이라도

불러 부랴부랴 수습을 마쳤는데, 도저히 썩은 냄새가 가시지 않을 뿐만 아니라 건물 곳곳에서 구더기가 꾸물꾸물 기어 나와 골치를 썩인다. 그제야 제대로 된 사람을 불러야 했음을 깨닫고 뒤늦게 우리를 부르는 경우가 있다. 수도권보다는 인구가 적은 소도시나 면과 읍, 리 단위의 작은 마을의 호출이다. 뒤늦은 부름을 받고 바람 따스한 남도나 햇살 서늘한 강원도 시골집에 도착하면, 냄새를 제거한답시고 오곡을 태운 흔적이 있고, 액막이한답시고 깨뜨린 박 부스러기가 마당 곳곳에 널브러져 있다. 창가에 향을 꽂아 피워 올리거나 현관문 앞에 굵은 소금을 뿌려둔 모습은 어디서나 예사롭다. 소독한답시고 방 모퉁이마다 소주를 잔뜩 뿌려놓아서, 집주인에게 부연 설명을 듣기 전에는 지독한 알코올중독자가 술에 못 이겨 죽은 집이라고 지레짐작한 곳도 있다.

지역마다 고유한 제사 음식이 있는 것처럼 죽음 뒤의 민간 처방도 지방색이 있는 것 같다. 남해의 한 바닷가 마을에서는 죽은 사람의 혼을 달래겠다며 톳인지 모자반인지 알쏭달쏭한 마른 해초를 태웠다. 산등성이 아래 비옥하고 널따란 농경지로 둘러싸인 농가에서 마른 쑥을 태우는 것은 흔한 일. 악취를 잡고자 얻어온 커피의 원두 찌꺼기를 종이컵에 담아서 원룸 건물의 계단 곳곳에 두는 서울과는 분위기가 사뭇 다르다. 보건과 위생의 관점에서 보면 그다지 효과적인 처방은 아닐지라도, 대도시보다는 작은 시골 마을에서 맞닥뜨리는 처방에서 뭔가 원초적이고 심지 깊은 태도, '이것 참 인간적이구나' 싶은 소박한 에너지가 느껴진다. 비록 들끓는 파리와 구더기의 행렬은 유감이지만….

우리나라엔 여전히 인간 죽음에 얽힌 다양한 민간 처방과 무속 신앙이 남아 있다. 또 생래적으로 초자연, 죽음 이후의 세계에 대한 호기심과 경외심이 뿌리 깊다. "귀신이 나타나지는 않는가?" "그 집에서 자살한 사람의 혼령이 자기 물건을 치워버린 것에 앙심을 품고 사는 곳까지 쫓아오거나 해를 끼치지는 않는가?" "이 일을 시작하고 나서 뭔가 느낌이 달라진 것은 없는가?" 이런 초자연적인 것에 대한 질문은 우리나라에서 여전히 자연스럽다.

회의론자의 한 사람으로서 초자연적인 일이라곤 단 한 번도 체험해본 적이 없다고 답하지만 "곧 흉가가 될 집만큼은 알아볼 수 있겠더군요"라고 덧붙이고 싶을 때가 있다. 죽은 자의 집을 쏘다니더니 귀신 들린 터를 알아보는 영안 靈眼이라도 트였냐고? 설마. 기대에 부응하지 못해 안타깝지만 벽지의 시골 마을이 당면한 현실, 외딴 농가 주택의 몰락과 소멸에 관한 쓸쓸한 전망을 전하고 싶다.

옆집에 누가 살든 불편을 끼치지 않는다면 서로 관여하지 않는 것이 미덕이자 예의범절이 된 도시의 고시원과 원룸촌, 오피스텔 같은 거대 집합건물…. 혼자 사는 도시인의 사회적 고립 문제는 피치 못한 결과라기보다는 어쩌면 각자가 실리를 위해 선택한 길. 농촌이 처한 현실에 비하면 덜 심각한 문제일지도 모른다. 지금 시골은 넓은 땅에 비해 인구가 너무나 적다. 마을에서 저녁이면 연기가 피어오르고 사람 목소리가 담을 타고 넘는 집이 고작 몇 가구나 남았는가. '인구절벽'이란 표현은 도시에서나 통할 위협이지, 시골마을은 진작 그 절벽마저 무너지고 흙이 쌓여 봉긋한 무덤터가 된 지 오래다. 쥐들조차 생존을 위해 하나둘 도시로 떠날 채비를 하는지도 모른다.

어느 날, 집을 치워달라는 전화를 받고 외딴 산골 마을로 나섰다. 굽이굽이 얽히고설킨 농로와 키 큰 옥수수 밭 사이에 숨어 있는 낮은 지붕의 집을 찾자니 내비게이션도 중언부언하며 부질없이 원점을 맴돌았다. 하다못해 차에서 내려 물어물어 목적지를 찾아 나섰다. 여남은 채의 빈집을 지나고서야 노인 한두 사람이 겨우 문을 열고 고개를 내민다. 왜 그 집을 찾느냐는 질문을 받고도, 그 집에 살던 분이 돌아가셨고 한 달이 지나서 발견되었다는 이야기를 차마 꺼낼 엄두도 못 낸다. 자식들도 부끄러웠는지 내왕을 끊은 지 오랜 마을 어른들에게 굳이 장례식을 알릴 생각도 못 한 것이리라. 나 역시 섣불리 부고를 전했다가 행여나 듣는 이의 미래를 암시하는 꼴이 될까봐 입을 다물어버린다.

외딴 시골집에 홀로 살던 부모를 여읜 유족의 의뢰는 대체로 간단하다.

— 더는 아무도 살지 않을 테니 웬만한 것은 그대로 두셔도 됩니다. 돌아가신 자리 주변에 보기 흉한 것만 좀 치워주세요. 내년 제사 때나 한 번 들르게요. 그 집은 내버려뒀다가 큰 태풍이라도 지나면 멸실 신고[13]를 할 겁니다.

이런 전개는 외진 시골 마을에서 흔하다.

----

13 건물 소유자나 관리자가 재해로 인해 심하게 훼손된 건축물에 대해 그 사실을 신고하는 행위.

이렇게 망자의 자리를 수습하고 떠나면 이 집은 곧 폐가가 되고 머지않아 흉가의 몰골이 되겠거니, 하는 생각이 들어 마음이 무겁다. 시골이라도 여전히 농업이 번성하고 경관이 아름다운 곳은 비록 낡은 농가 주택이라도 금세 매매가 이루어지니 염려할 필요가 없다. 반면 외딴 시골집은 일단 사람의 손길이 끊어지면 얼마 지나지 않아서 벽이 바스러져 옆구리가 터져 나오고, 처마 한쪽이 슬며시 기울며 내려앉는다. 튼튼하게 지어 올린 도시의 아파트라도 사람 손을 타지 않고 비운 채 반년이 지나면 그사이를 못 견디고 전등이나 수도장치가 속속 고장 나버리는 것은 왜일까? 머물던 이가 떠나면 집을 돌보시던 성주신도 미련 없이 휙 하고 돌아서는 것일까?

가끔 신내림을 받으려는 자가 이른바 '산山 공부'라는 것을 하기 위해 폐가에 숨어들어 제멋대로 벽에 탱화를 걸고 제단을 차려서 신당으로 꾸민다. 앉은뱅이 상 위에는 닭피인지 잉크인지 모를 붉은 것으로 괴발개발 주문과 부적을 휘갈겨놓은 종이와 점치는 쌀알이 널브러져 있다. 쇠 방울이 떨어져나간 '요령鐃鈴' 같은 무속 도구가 바닥에 어질러져 있다면 영락없는 선무당[14]의 소행이다. 이들마저 떠나고 나면 겨울밤의 허기를 견디지 못한 멧돼지와 고라니가 깊은 산에서 내려와 먹을 것을 찾아 폐가의 문을 부수고 바닥을 파헤쳐놓는다. 이로써 허물어져가던 폐가가 살기등등한 모습으로 바뀌며 비로소 흉가 탄생의 모든 시각적인 조건이 완성된다.

외따로 떨어진 시골, 산비탈 아래 후미지고 으슥한 집, 오랫동안 아무도 찾지 않아서 낡고 바스러진 집, 누군가는 성묫길에 오르다 무섭다고 진저리치며 멀찌감치 돌아갈지도 모를 흉가 같은 집.

하지만 그 집은 우리와 단 하나도 다를 바 없는, 심장 뜨거운 인간이 터전으로 삼던 곳이다. 우리가 용기를 내어 한 걸음만 더 안으로 다가선다면 벽에 걸린 액자에서 발견할 수 있을지도 모른다. 한복을 곱게 차려입은 부모를 에워싸고 환하게 웃는 형제자매의 가족사진과 빛바랜 상장들, 학사모를 쓴 딸의 앳된 얼굴, 도포 자락에 갓을 쓴 선대 어른의 근엄한 흑백사진, 첫 면회에서 어색하게 거수경례하는 군인 아들의 상기된 표정, 모처럼 떠난 여행지 바닷가에서

---

14 아직 신내림을 받지 못했거나 받은 지 얼마 안 되어 서툰 무당.

노부부가 팔짱을 낀 채 어색하게 웃는 사진….

고단한 삶을 지탱하며 품었던 희망과 좌절, 자식을 도시로 떠나보낸 뒤 숱한 세월을 홀로 보내며 묵힌 오래된 그리움, 이 터전에서 한세월을 견디며 누렸을 작고 소박한 기쁨과 행복 같은, 그 집에 머물던 사람의 진짜 얼굴을 마주할 수 있을지도 모른다.

만나면 오해는 시나브로 사라진다. 하물며 머리를 풀고 나타난 처녀 귀신도 안타깝고 억울한 사정을 털어놓으면 새로 부임한 원님이라도 더 이상 두려움에 떨지 않는다. 도시의 외로움과 시골의 고독은 거리만 떨어져 있을 뿐 속내는 하등 다를 바 없다. 지금 여기에서 내가 외롭다면 또 다른 누군가도 어딘가에서 홀로 외로울 것이다.

그곳이 어디든, 우리가 누구든, 그저 자주 만나면 좋겠다. 만나서 난치병 앓는 외로운 시절을 함께 견뎌내면 좋겠다. 햇빛이 닿으면 쌓인 눈이 녹아내리듯 서로 손이 닿으면 외로움은 반드시 사라진다고 믿고 싶다. 그 만남의 자리는 눈부시도록 환하고 따뜻해서 그 어떤 귀신도, 흉가도 더 이상 발을 들이지 못하리라.

하지만 그 집은
우리와 단 하나도 다를 바 없는,
심장 뜨거운 인간이 터전으로 삼던 곳이다.

우리가 용기를 내어 한 걸음만 더 안으로 다가선다면
벽에 걸린 액자에서 발견할 수 있을지도 모른다.

당신을
살릴까,
나를
살릴까

나쁜 시키

휴대전화 액정 화면에 네 음절의 메시지가 도착했다. 슬슬 해넘이가 시작되고, 빽빽하게 솟은 건물과 건물에 가려 노을이 제대로 과시도 못하고 부질없이 빛을 더해가는 토요일 오후 여섯 시. 원망이 담긴 메시지를 받고서야 비로소 안도의 한숨을 내쉬었다. 다행이다. 내가 나쁜 새끼든 좋은 새끼든, 상대가 살아 있으니 받을 수 있는 메시지다.

약 다섯 시간 전에 그녀에게서 처음 전화를 받았다. 그 통화가 시작되고 나서 지금껏 앉지도 서지도 못했다. 그 사이에 경찰관 두 명이 급히 나를 찾아왔고, 함께 순찰차를 타고 경찰서에 가서 조사를 받았으며, 귀갓길에 오르고도 집에 들어갈 엄두를 내지 못하고 길가를 배회하던 참이었다. 불과 다섯 시간 동안 많은 일이 일어났다.

— 여보세요?

높낮이가 뚜렷한 경상도 억양이 소란스러운 주차장을 지나는데도 명징하게 들린다. 마흔 살은 넘긴 것 같은 여성은 내가 제때 답했는데도 불구하고 두어 번 "여보세요"를 반복했다. 어제 나는 자정까지 일했고, 느지막이 일어나 정오가 되어서야 첫 끼니를 때웠다. 그러고는 집에 쌓인 플라스틱과 종이 상자, 캔 따위의 재활용 쓰레기를 그러모은 커다란 검정 봉투를 들고 건물의 일 층으로 막 내려온 참이었다. 다른 이의 집을 치우느라 미루던 내 집 치우기도 해야 한다. 언젠가 내가 영원히 할 수 없을 때 누군가 대신 치워주기 전에는 말이다. 봉투를 내려놓고 오른손에 들고 있던 전화기를 왼손으로 옮겨서 다시 대답했다.

— 네. 말씀하세요.
— 인터넷을 보다가 궁금한 게 있어서 전화했어요.
— 네, 그러셨군요. 무슨 일인가요?
— 여기 착화탄 자살을 하면 괴롭다고 쓰셨는데 진짜인가요?

뜬금없다. 그리고 무례하다. 자기소개 한 소절은 들려주고 나서 물어도 되지 않은가. 오늘 날씨를 묻는 가벼운 질문도 아니고. 한편으론 대수롭지 않은 전화려니 했다. 호기심을 느낀 십 대 아이들이 이따금 장난 전화를 걸기도 한다. 벨은 밤낮없이 울리고, 때로는 발신자 표시 제한으로도 전화가 걸려온다. 자기가 직접 나서지 못하고 친구나 지인을 시켜서 전화하기도 한다. 또 통화는 분명히 한 사람과 하는데 그 뒤에 의견을 주고받는 집단 지성 같은 여러 명의 존재를 느끼기도 한다. 유족을 대표하여 비교적 젊은 사람이 전화를 걸고, 결정은 뒤에 있는 어른들이 의논한 뒤에 내린다. 나 같은 직업을 가진 자에게는 광고를 자기 회사에 맡겨달라는 전화가 아침에만 서너 통씩 걸려온다. 사실 내 일에서 가장 많은 시간을 할애하는 부분은 전화로 이야기를 듣는 일이 아닐까? 일 분마다 전화 상담 요금을 부과한다는 무속인의 신문광고가 떠오른다. 눈부신 진화를 거듭하여 자기 가치를 분 단위로 환산하여 청구하는 최첨단 직업인이다.

— 잘 모르겠습니다. 제가 착화탄으로 직접 죽어본 것은 아니라서요.

우선 농담처럼 가볍게 한마디 던져본다. 그저 호기심을

채울 욕심에 걸어온 전화라면 가볍게 물리칠 심산이다. 생각보다 긴 상대의 침묵에 황급히 말을 덧붙인다.

— 하지만 그런 곳에 가보면 괴롭게 죽은 흔적을 볼 수
있죠.

상대는 여전히 답을 미룬다.

— …착화탄을 샀어요. 세 개요.

목소리가 떨린다. 갑자기 "하" 하고 짤막한 웃음소리 같은 것이 들리더니 흐느끼는 소리로 이어진다. 나는 재활용 쓰레기를 모은 봉투를 내려놓고 휴대전화를 귀에 바짝 붙인다. 내 명치에 강력한 금속 볼트가 순식간에 조여진다. 시계 방향으로 오 밀리미터만 더 조이면 가슴 한가운데가 산화된 철판처럼 후드득 뜯겨나갈 것 같다.

— 진짜 고통스러운가요? 진짜 많이 아픈가요?

어느새 울음을 멈추고 목소리가 이어진다.

그녀는 착화탄과 소주 여러 병을 산 뒤 승용차를 직접 운전해 산속 깊이 들어왔다고 했다. 소주를 마시고, 불을 붙이기 전에 충동적으로 휴대전화를 꺼내고 인터넷 앱을 열어서 자살에 대해 검색해본 것 같다. 그러다가 내 블로그에서 한 구절을 읽고 마지막에 안내된 전화번호를 눌렀다.

그녀는 사는 게 아무런 의미가 없다. 도대체 왜 계속 살아야 하는지, 왜 모든 게 고통스러운지, 그냥 괴롭지 않고 편하면 안 되는지, 수많은 질문을 던져보았지만 답을 찾지 못했다. 마침내 내린 결론은 삶을 지속하지 않는 것뿐.

이야기가 길어질수록 그녀의 발음이 뒤엉킨다. 술에 취했기 때문이다. 나 역시 뜻밖에 쏟아지는 한 인간의 사연을 듣고 있자니 '머리 조심'이라고 쓰인 경고문을 미처 읽지 못하고 무작정 계단을 오르던 초행객의 정수리처럼 얼떨떨해진다. 그녀가 지금 진실로 원하는 것은 죽음일까, 아니면 구원일까?

— 그러면 고통스럽지 않게 죽는 방법을 알려주세요.
— 그런 방법은 없습니다.

모를 소리를 일단 던져놓고 본다. "방법을 모른다"고 말하지 않고 "방법은 없다"고 단언했음을 깨닫는다. 나로 말할 것 같으면, 스스로도 모를 소리를 종종 아는 체하면서 살아왔다는 것만큼은 어렴풋이 아는 사람이다. 일단 내 본능은 그녀를 살리고 싶다고 판단했다. 자살이 옳은 일인지 아닌지 모르겠다. 내가 자살을 하면 안 되는 이유는 댈 수 있어도 이름 석 자조차 모르는 그녀가 그런 선택을 해선 안 되는 이유는 도저히 댈 수 없다. 생명은 소중하기 때문에? 지금 그런 공익광고협의회에서 할 법한 입바른 구호로 그녀를 달랠 수 있을까? 어쩌면 나는 그저 누군가가 나와 통화하면서 죽어가는 일만큼은 피하고 싶은 것이 아닐까? 자살을 막는 선택은 그녀를 위한 것인가, 나를 위한 것인가? 내가 지금 진실로 원하는 것은 그녀를 살리는 것일까, 죄책감이라는 영벌에서 나를 살리는 것일까?

얼떨떨한 머리를 굴려야 할 시간이다. 우선 살리고 보자. 어떻게든 시간을 벌어야 한다.

— 지금 제 휴대전화의 배터리가 거의 떨어져 곧 통화가 끊어지겠네요. 배터리를 교체할 동안 잠시 기다려주시겠어요?

그녀의 대답을 듣기도 전에 급히 전화를 끊는다. 배터리
는 아직 충분하다. 미안하지만 지금 당신에게 선택권을 주
고 기다려줄 배려 따위는 없다. 휴대전화 숫자 패드에서 '1'
'1' '9'를 누른다. 진작 경험했는데, 경찰보다는 119 구조본
부의 행동 개시가 빠르다. 지금 미세한 속도의 차이가 우리
에게 무엇보다 중요하다. 신호음이 울리는 중에 문자가 먼
저 도착한다.

119에서 긴급구조를 위해 귀하의 휴대전화 위치를 조회하였습
니다.

지금 조회해야 할 것은 내가 있는 곳이 아니라 그녀가 울
고 있는 산이라고 답신을 보내고 싶다. 우선 전화로 119 구
조대원에게 내가 맞닥뜨린 상황을 설명한다. 전화를 받은
이는 선뜻 이해하지 못한다. 하긴, 자살하겠다는 사람이 어
떻게 이름도 모르는 낯선 자에게 전화해서 괴롭지 않은 자
살 방법을 묻겠는가. 나는 최대한 빠르고 효과적으로 119 구
조대원에게 나를 증명하기 위해 노력한다. 내 직업과 블로
그의 자살 경고 문구와 그녀가 처한 상황을 설명한다. 긴장
감에 혀가 꼬이고 목소리가 쉰다. 지금 나에게 친절함이라

곤 없다. 극도로 날카롭게 털을 곤두세우고 으르렁대는 짐
승 한 마리가 전화기를 들고 있는 것 같다. 그녀의 전화번호
를 알리는 데 성공하자 구조대원은 경찰에도 속히 알려달
라고 부탁한다.

'1' '1' '2'를 누른다. 경찰 역시 제대로 이해하지 못한다.
하지만 응급 신고 전화를 받는 일에 훈련된 경찰은 상황의
다급함만은 눈치챈 것 같다.

— 지금 선생님 계신 곳으로 경찰을 보냈습니다.

그 말을 듣자 가슴에 현 하나가 날카롭게 끊어진다. 명치
께 머물며 뜨겁게 끓어오르던 것이 좁은 눈시울로 몰려와
왈칵 쏟아질 듯하다. 도대체 이 사람은 나의 이야기를 어떻
게 들은 건가. 지금 죽는 사람은 내가 아니다, 저기 어딘가
에서 그녀가 죽으려 하고 있다, 이 간단한 문장을 머릿속에
새겨넣지 못하는가.

— 지금 경찰을 보낼 곳은 그 번호, 여자가 있는 곳입니다.
제가 있는 곳이 아니라요.

짐승이 사납게 으르렁댄다. 내 뾰쪽하고 굶주린 송곳니가 드러나고 있다.

— 그래도 보내야 합니다. 전화 끊지 마시고 기다려주세요.
　마침 순찰차가 그쪽에 있어서 곧 도착할 겁니다.

돌아온 대답 역시 차갑고 단단하다.

저 멀리 사이렌이 울리고 순찰차가 도착했다. 그들이 내리기도 전에 명함과 주민등록증을 꺼내 든 내가 먼저 운전석 문 옆에 선다. 영문도 모른 채 서둘러 온 정복 차림의 지구대 경관에게 다시 한번 상황을 설명한다. 그래도 마주 보고 얘기하니 이해가 빠르다. 이십 대로 보이는 키 큰 경관이 내 전화기를 받아 들고 경찰 본부에 상황을 다시 전한다. 경찰인 그도 쩔쩔매며 설명한다. 오십 대로 보이는 또 다른 경찰은 내 주민등록증을 들고 번호를 조회하고 있다.

— 도와주셔야겠습니다. 다시 전화한다고 하셨죠? 이번에
　최대한 시간을 끌어주세요. 이제 경찰이 번호로 위치를
　추적할 것입니다.

젊은 경찰의 표정이 달라졌다. 자, 이제 나는 당신과 한 배를 탔다. 그리고 어디 있는지는 모르지만 역시 한배를 탄 그녀를 함께 구해야 한다. 왜 그녀를 구해야 하는지 묻지 말자. 다만 구하고 싶다. 당신과 마주하니 마음이 한결 가볍다.

경찰들과 함께 서서 전화를 건다. 배터리를 교체했다고 둘러대기엔 너무 오랜 시간을 낭비한 것 같다. 연결되지 않는다. 그녀가 누군가와 통화 중이다. 119 구조대원일까? 경찰일까? 가족일까? 어쩌면 고통 없는 자살 방법을 선선하게 알려줄지도 모를 또 다른 사람일까?

— 여보세요? 여보세요?

마침내 전화를 받았지만 그녀는 답이 없다. 그리고 뚝, 통화가 끊어진다. 절망감이 몰려온다. 명치에 박힌 금속 볼트가 조금 더 오른쪽으로 비틀린다. 그렇다고 여기서 포기할 수는 없다.

— 여보세요?

역시 전화는 받지만 아무런 대답이 없다. 또 한 번 나 자신도 모를 소리를 하기로 한다.

— 착화탄 세 개 가지고는 부족합니다. 고통스럽기만 하고 절대 죽지는 않죠.
— 그러면 몇 개를 사야 하는데요?

내가 그것을 알 턱이 없지만, 천연덕스레 돌아온 대답이 반갑다. 젊은 경찰이 내 몸에 바짝 다가선다. 그녀의 혀는 이미 꼬일 대로 꼬여 있다.

— 착화탄을 어디에서 사셨는데요?
— 농협요.
— 거기서 농협까지 가시는 데 얼마나 걸리나요?

그녀가 있는 곳에 대해 아주 사소한 단서라도 찾고 싶은 것이다.

— 몰라요, 십오 분?
— 어디 있는 농협인데요? 운전할 수 있겠어요?

— 몰라요. 근데 아저씨, 많이 괴로울까요?

— 저는 사실 잘 모릅니다. 하지만 착화탄 자살이 일어난 곳에서 자주 봤어요.

— 뭘요?

— 고통스럽게 기어 다닌 흔적요.

옆에 선 젊은 경찰이 통화를 계속하라는 수신호를 보낸다. 시간을 최대한 끌어보자는 것이다. 그는 내 곁에 서서 대화에 귀 기울이는가 하면 틈나는 대로 누군가와 통화를 하기도 한다. 그 역시 애가 타는 것 같다. 연신 맨손으로 이마의 땀을 훔친다.

그녀에게 내 인생에 대한 나도 모를 이야기를 해보기로 마음먹는다. 그녀의 인생에 관한 이야기를 쭉 들었으니 나에게도 내 삶에 관한 이야기 정도는 할 자격이 있겠지. 이야기를 꺼내기도 전에 주제는 이미 정해두었다. 그 주제란 '그럼에도 잘 안 풀린 내 인생'이다. 오죽하면 죽은 사람의 집을 치우는 일을 하겠느냐, 이런 결말이 그녀에게 잠시나마 위로가 될까. 그런 속셈을 하는데 문득 전화가 끊어졌다. 서둘러 통화 버튼을 눌렀지만 전화를 받을 수 없다는 안내 멘트가 들린다. 부단히 연결을 시도했지만 한결같은 안내 멘

트만 들린다.

  혹시 그녀에게서 전화가 걸려오지 않을까 해서 휴대전화
액정 화면에서 눈을 뗄 수 없었다. 그때 젊은 경찰이 자기
휴대전화를 건네며 포천경찰서니 받아보라고 했다. 휴대전
화 너머의 음성은 그녀가 있는 곳을 특정했고, 이제 수색 범
위를 좁혔기에 경찰과 구조대원이 찾아 나설 것이란다. 이
사건은 이제 내가 있는 일산경찰서에서 그녀가 있는 포천
경찰서로 이관되었고, 그에 따라 포천경찰서는 나에게 다
시 한번 전반적인 상황에 대한 설명을 요구했다. 길고 지루
한 네 번째 진술, 내 주민등록번호와 블로그 주소를 불러주
고 통화를 마쳤다. 그때 오십 대의 경찰이 자기 휴대전화를
건네며 일산경찰서니 받아보라고 한다.

  ― 될 수 있으면 지금 서까지 와주시면 합니다.

  짐승은 이제 전의를 잃고 더 이상 으르렁대지도 않는다.
걸어서 십 분이면 갈 수 있는 거리이지만 젊은 경찰은 한사
코 모셔다드리겠다며 순찰차의 뒷문을 열어준다. 순찰차에
오르는 나를 멀리서 바라보는 경비 직원의 눈길이 서늘하다.

그러고보니 재활용 쓰레기를 담은 봉투는 어디에 두었더라?

　허락되지 않은 곳에서 두 차례 유턴한 뒤 순찰차는 경찰서 별관 앞에 도착했다. 순찰차의 뒷문은 내 편에서는 열리지 않았다. 피의자 호송을 위한 잠금장치이리라. 문을 열어준 젊은 경찰은 짧게 거수경례하고 다시 차에 올라탄다. 잠시 함께 배를 탔던 자는 그렇게 퇴장했다.

　담당 경찰관은 책상에 앉은 채 내게 이리 오라는 손짓을 한다. 앉으라는 권유도 없다. 나는 옆에 있는 간이 의자를 스스로 끌어다 그의 앞에 앉는다. 그의 낯빛이 양생 중인 시멘트 바닥 같다. 완전히 굳었을까, 아니면 아직 무른 상태일까?

　— 왜 그런 블로그를 하십니까?
　— 네?
　— 인터넷 블로그에 자살 같은 것 올리셔도 됩니까?

　완전히 굳은 얼굴이다. 나는 대답 대신 명함을 건넨다. 그가 명함을 받아 들고 조서에 뭔가를 타이핑하는 사이에 나는 휴대전화를 꺼내 그녀가 읽었을 거라 짐작되는 블로그

페이지를 찾아서 연다. 이제는 정말 배터리가 얼마 남지 않았다.

— 이것을 읽고 저에게 전화한 것 같습니다. 읽어보세요.

내가 불러준 주민등록번호를 다 받아쳤을 즈음 휴대전화를 그에게 내밀었다. 그는 잠시 입을 다물고 검지로 몇 차례 화면을 밀어 올리며 그 내용을 읽어 내려간다.

— 자살하지 말자는 글입니다. 착화탄으로 고통 없이 자살
  할 수 있다고 알려졌지만 사실은 그렇지 않다는 글입
  니다.
— 선생이 직접 쓴 겁니까, 이 글?
— 네.
— 별 건 없구먼. 이 글 인터넷 주소 좀 복사해서 이 명함에
  적힌 휴대전화 문자로 보내줘요. 그리고 처음부터 차근
  차근 상황을 설명해봐요. 언제 어디서 전화가 왔고, 무슨
  얘기를 했는지.

바야흐로 다섯 번째 상황 설명을 시작하기 전에, 그의 허

락도 구하지 않고 식수기 앞으로 걸어가 납작한 사각형 종이컵을 벌려 물을 연거푸 따라 마셨다. 식수기 저편에 빈 창살, 아무도 감금되어 있지 않은 유치 시설이 보인다. 우리 인생에 탈출구가 있는가. 오늘 나는 누군가 엄숙하게 감행하려는 인생의 탈출을 훼방한 건 아닐까.

일산경찰서에서 나와 횡단보도 앞에 서서 포천경찰서로 전화를 걸었다. 그녀를 찾았는지, 살아 있는지, 그것만 알고 싶었다. 다행히 그쪽의 담당자는 붙임성 있는 성격이다. 많은 인력이 투입되어 수색 중이라고 했다. 찾게 되면 나에게도 알려주겠다고 했다. 그러고는 잠시 머뭇거리다가 고생했다는 말을 전했다. 나는 그 말을 듣고 얼떨결에 잘 부탁드린다고 했다. 이름조차 모르는 사람의 일을, 역시 이름조차 모르는 이에게 잘 부탁한다니. 그런 생각이 들자 느닷없이 웃음이 나왔다. 그리고 이내 내가 웃었다는 사실에 머쓱해졌다. 이 모든 것이 꿈만 같다.

나쁜 시키

편의점 앞 벤치에 앉아 있을 때 그녀에게서 메시지가 도착했다.

살아 있구나. 새삼스레 메시지에 찍힌 글자를 하나하나 읽어본다. 비로소 한숨을 크게 내쉰다. 다시 숨을 들이마시자 가슴 한가운데가 몹시 아리다. 살아 있으니 메시지를 보내고, 또 살아 있으니 이렇게 메시지를 받는다.

이윽고 포천경찰서에서 전화가 걸려왔다.

— 선생님, 찾았습니다. 찾아서, 관할 지구대로 이송하고 있습니다. 남편에게도 연락했고요. 남편도 지금 지구대로 온답니다. 나중에 남편이 선생님께 전화할 겁니다. 고생 많으셨습니다. 이제 안심하세요.

휴대전화를 꺼내 몇 번이나 메시지를 다시 읽어본다. 나쁜 시키, 나쁜 시키. 그래, 나는 정말 그런 사람인지도 모르겠다. 오늘 당신을 속였고, 그 바람에 당신의 계획을 아주 보기 좋게 망쳐놓았다. 스스로도 잘 모를 이야기를 남발했으며 당신이 자유로울 권리를 공권력을 이용해서 침해했다. 그런 사람을 나쁜 시키라고 부르는 것은 매우 온당한 일일 것이다.

고백하건대, 당신의 전화번호를 내 휴대전화에 고이 저

장해두었다. 당신이 나에게 또다시 전화를 걸어오면 단번에 알아차릴 수 있도록 말이다. 언젠가 나에게 당신이 다시 전화를 걸어올지는 모르겠다. 그때도 내가 당신을 막기로 할지, 과연 또 한 번 당신의 계획을 물거품으로 돌릴 수 있을지 모르겠다.

부탁하건대, 언젠가는 내가 당신의 자살을 막은 것을 용서해주면 좋겠다. 나는 그 순간 살아야 했고, 당신을 살려야만 내가 계속 살 수 있을 것만 같았다.

나는 아직 배에서 내리지 않았다. 우리는 여전히 함께 배를 타고 있다. 그것만큼은 오래도록 잊지 않을 것이다.

가격

매일 근해에 나가 고기를 잡거나 연해에서 양식업을 하는 어부처럼 아침에 눈 뜨자마자 일기예보를 본다. 밤에도 마찬가지. 매일 밤, 잠자리에 들고서 책 읽는 시늉이라도 해보는데 언제나 십 분도 못 버티고 내려앉는 눈꺼풀을 올리기 위해 사투를 벌인다. 그 와중에도 가까스로 휴대전화로 내일 날씨만큼은 확인한다. 기상청에서 안내하는 시간별 하루 날씨뿐만 아니라 일주일 예보와 전국 날씨도 함께 눈여겨본다. 사람이 죽은 채 한동안 방치된 집을 정리하고, 그 안에서 짐을 빼내 화물차에 실어 폐기물 처리장으로 보내자면 비가 내리는 날씨만큼은 피하고 싶은 탓이다. 아마도 이 사업체에서 일하는 자들도 사정은 비슷하리라. 일하는 내내 비에 흠씬 젖은 옷을 입고 집 안팎을 드나들면서 바닥에 빗물을 흩뿌리는 것도 성가시지만, 그런 날은 이웃의 원성도 덩달아 커지는 법. 피와 오염물로 뒤죽박죽된 쓰레기는 흐리고 비 오는 날이면 몇 겹이나 밀봉하고 탈취제를 뿌려도 냄새가 더욱 고약하게 느껴진다. 죽음이란 때를 예정하지 않고 무시로 찾아오는 것. 급작스러운 연락을 받았을 때 미리 머릿속에 그려진 날씨 예상도에 따라 적절하게 일정을 계획하는 것도 이 일을 수월하게 이끄는 요령이다.

미리 확인해둔 일기예보와 달리 아침에 일어났을 때 비는 내리지 않았다. 커튼을 들추어 하늘에 어둑하고 낮게 깔린 구름장을 보자니 이제라도 비가 내릴지, 지금은 그쳐서 물러가고 있는지 분간할 수 없었다. 커튼을 여미고 거실 등 스위치를 켜자 마침 기다렸다는 듯 전화가 걸려왔다. 일곱 시가 되려면 이십 분쯤 기다려야 한다. 상담 전화가 걸려오기엔 너무 늦었거나 이르다. 유족이 장례식장에서 밤을 지새우며 전화를 걸어오는 경우가 종종 있지만, 대개 자정을 지날 무렵부터 새벽 두 시를 넘기지 않을 즈음이다.

— 견적 문의드립니다. 벌써 전화를 받으시네요?
— 네, 안녕하세요? 어떤 상황이신가요? 편하게 말씀해주세요.

중장년 남성의 목소리, 쉰은 넘은 것 같지만 그렇다고 예순이 넘은 것 같지는 않다. 차분하다기보다는 무겁게 가라앉은 음성이다. 깊은 우물 아래에서 두레박으로 물을 길어 올리듯 아득하다가도 어느새 또렷해지는 목소리다. 어쩌면 상대는 꼬박 밤을 새웠는지도 모른다.

— 죽은 사람 집 하나를 완전히 정리하는 데 돈이 얼마나 드나요?

— 병원이 아니라 집에서 돌아가셨나요?

— 네. 그렇다 치고….

그렇다 치다니, 뜨악한 대답이다. 세상에는 그렇다 치고 넘어가도 될 여유작작한 대화법이 수도 없이 많겠지만, 나 같은 사람에게 죽음은 그렇게 유보적이고 미적지근한 가정법으로 접근할 만한 것이 아니다. 내 일은 누군가가 죽어야 성립되는 비즈니스다. 그런 아이러니에서 존명해나가는 것이 이 직업의 숙명이다.

— 네. 집에서 돌아가셨다면 아파트, 원룸, 다세대주택… 어떤 타입인가요?

— 주택이에요.

일단 대화는 그대로 이어진다.

— 몇 평쯤 될까요?
— 글쎄요, 한 서른 평 되려나?
— 그럼 방 세 칸, 화장실 두 칸, 거실과 베란다가 있는 구조
  인가요?
— 화장실은 하나입니다.
— 몇 층에 있나요? 살림을 내릴 때 사다리차를 써야 할지
  파악하려고 여쭤보는 겁니다.
— 사다리차? 아니, 그냥 돈이 얼마나 드냐고요!

차분했던 그의 목소리에 한순간 풍랑이 인다.

가라앉은 목소리와는 달리 그의 심경은 예민하고 고조
된 것 같다. 상대방 기분의 높낮이에 맞춰서 적절하게 달래
가면서 물어보는 수밖에 없다. 허들이 낮으면 닿지 않도록
훌쩍 뛰어넘어야 하고, 허들이 높으면 림보 게임처럼 몸을
낮춰서 슬슬 지나가야 한다. 가까운 이가 죽었을 텐데 어떻
게 마음이 평탄할 수 있으랴. 꼬치꼬치 캐묻는 것처럼 느끼
면 대화 자체가 못마땅할 수도 있다. 나로서는 침착하고 끈

기 있게 알아내는 수밖에 다른 방법이 없다. 친절을 잃는 법 없이 그곳에 놓인 상황을 제대로 유추해내는 것, 그것 또한 서비스업에 종사하는 직업인으로서 고객을 존중하는 방식 이다.

— 대답하기가 번거로우시겠지만 폐기물 양에 따라서 요금 이 달라지기 때문에 가능한 한 자세히 알려주시는 게 도 움이 됩니다. 집 전체를 정리하는 것이니까요. 포장이사 도 견적을 낼 때 장롱은 몇 자인지, 냉장고는 몇 리터 용 량이고, 침대는 몇 개인지 세세히 알아야 하잖아요.
— 뭐, 그건 그렇겠지요.

다행히 상대가 수긍한다. 높은 허들 하나를 넘은 셈이다. 목소리가 가라앉아 있다고 해서 감정마저 가라앉았으리란 법은 없다.

— 고인이 집에서 며칠 만에 발견되셨나요?

이 질문에 문득 상대가 침묵한다.

— 여보세요? 잘 안 들리시나요?

— 아, 아닙니다.

— 경찰이 사망 추정 시간을 파악하지 못했거나 미처 말해 주지 않는 일도 흔히 있으니까요. 혹시 대충이라도 모르세요?

또다시 침묵이 돌아온다. 전화기 너머 당황하는 상대가 보이는 것 같다. 허들이 다시 길게 늘어선다.

-- 며칠이면 되는데요? 한 일주일?

전화기 너머에서 "허허허" 하며 나지막이 터뜨리는 웃음 소리가 들린다. 슬슬 상대의 진의가 의심스러워진다. 이 남 자의 퀴즈는 뭔가 수상쩍다. 질문 항에 반드시 대입해야 할 구체적인 정황은 하나둘 생략한 채 무턱대고 정답을 구하 려고 한다. 또 다른 질문을 던지자 역시 궁색한 대답이 돌아 오고 내 의심은 점점 굳어진다. 지금 나를 테스트하는 것인 가? 마치 프랜차이즈 본부에서 손님으로 위장해서 가맹점 에 보낸 평가담당자 같다. '집에서 죽은 것으로 치자'는 대 답을 들었을 때부터 의심해야 했을까?

짚이는 바가 전혀 없는 것도 아니다. 이 분야의 신생업체가 기성업체의 고객 응대와 견적 산출 방식을 알고 싶어서 짐짓 고객처럼 꾸며 전화하는 일도 있다. 총비용을 잘못 책정하면 기껏 일을 잘 마치고서도 손해로 이어질 수도 있으므로 제대로 견적 내는 일은 꽤나 어렵다. 아예 견적 내기를 커리큘럼으로 정하고 이론과 실습을 지도하는 청소용역 아카데미도 존재한다. 인건비의 비중이 높고 비용의 사용처가 비교적 단순한 일반청소업도 견적 내기가 까다로운데 특수 청소업은 오죽하랴. 때때로 노골적으로 자기가 처한 상황을 설명하고 어떻게 처리하는 게 좋을지 문의하는 업체도 있다. 생면부지인 나에게 전화를 걸어와 자기에게도 일을 달라며 통사정하는 사람도 있다. 이 사람은 어느 쪽일까?

— 언제쯤 일을 시작하면 좋을까요?

또 다른 질문을 던져본다. 상대에게 얼마간 의심이 든다 해도 내 쪽에선 절대 내색할 수 없다. 만에 하나라는 경우라도 남아 있다면 함부로 상대의 진의를 넘겨짚어선 안 된다. 상대가 말한 것 이상의 선을 넘지 않는 것 역시 고객을 존중하는 방식이다.

— 언제라기보다는… 네, 잘 알겠습니다. 제가 다시 연락드리겠습니다.

　인사말을 돌려줄 새도 없이 상대는 먼저 전화를 끊어버렸다. 그는 잘 알겠다고 했지만 결국 죽은 사람의 집을 치우는데 돈이 얼마나 드는가에 대한 답을 얻지 못했다. 그와 나모두 서로 질문만 던지고 원하는 답을 얻지 못한 셈이다. 이렇게 여지만 남기고 선명하지 못한 상태로 상담이 끝나는 일은 흔치 않다. 그가 전화를 다시 걸어오지는 않을 것 같다는 예감이 들었다.

　일기예보와는 달리 그날부터 이 주 동안 장마가 이어졌다. 부슬비가 내리다가도 하루에 몇 번이나 그쳤고, 잠시 해가 비치나 싶으면 시나브로 먹구름 떼가 몰려와서 하늘을 가렸다. 매일 밤낮으로 확인하는 일기예보는 보란 듯이 빗나갔다. 날씨 탓에 상담 전화도 뜸해졌다. 전화가 너무 자주와도 피곤하지만, 안 와도 걱정스럽다. 종일토록 전화 한 통없다가 저녁에 피트니스센터에서 운동을 마치고 탈의실로들어서는데 전화가 걸려왔다.

― 여보세요. 마포경찰서입니다.

― 안녕하세요? 어떤 일인가요?

경찰에게 전화를 받는 일은 일상적이다. 경찰서에서 범죄 피해자 지원 사업으로 상해 살인사건이 일어난 피투성이 현장 청소를 더러 의뢰하기 때문이다. 마침 일이 뜸할 때 걸려온 전화라 내심 반가웠다.

― 김상진 씨라고 아세요?

― 글쎄요, 잘 모르겠는데요?

― 선생님께서 이 전화번호로 김상진 씨와 통화하신 적이 있네요. 일단 선생님 성함 좀 알려주세요.

뜻밖의 상황이다. 일을 의뢰하는 전화가 아니다. 경찰관에게 곧바로 이름과 주소, 주민등록번호를 일러준 다음 전화를 끊고, 내 휴대전화 통화 목록에서 그가 알려준 전화번호를 찾아보았다. 이 주일 전 이른 아침에 십 여분 동안 통화했던 바로 그 수상쩍은 상대의 전화번호와 일치했다. 통화한 날짜와 시간을 한 번 더 확인하고 경찰에게 전화를 걸었다.

― 저와 통화한 적이 있습니다. 유월 십이일 아침 일곱 시 경에 십 분 정도 통화한 적 있네요.

― 무슨 내용으로 통화하셨는지 기억하세요? 분명히 모르는 사람이라고 하셨죠?

― 네. 집에 사람이 죽었다며 청소 가격을 물어봤죠. 저는 특수청소업에 종사합니다.

― 네? 특수청소업체라구요? 청소 가격을 물어봤다고요?

― 네. 그 시간에 문의 전화 오는 일이 흔하지 않아서 분명히 기억합니다. 어떤 문제라도 생겼나요?

― 그 사람이 오늘 변사체로 발견되었습니다. 통화 목록을 보면서 죽기 직전에 마지막으로 통화한 사람들을 확인하고 있고요. 자살한 것 같은데 유서가 발견되지 않아서요. 그때 통화한 것 말고 다른 관계는 없는 거죠? 지인이 거나….

― 네. 그날 처음 통화했습니다. 사람이 죽었다면서도 현장 설명을 안 하려고 해서 저도 좀 이상하다고 생각했습니다. 이동통신사에 그날 제가 한 통화 내역을 조회해보셔도 좋습니다.

경찰은 다시 연락하겠다며 전화를 끊었다.

땀투성이였지만 평소처럼 피트니스센터의 공동욕실에서 샤워할 엄두가 나지 않았다. 옷을 갈아입고 곧장 집으로 돌아와서 소파에 한참 동안 멍하니 앉아 있었다. 어떤 생각도 떠오르지 않았다. 땀이 식자 몸이 슬슬 떨렸고 그제야 옷을 벗고 화장실 샤워부스에 들어갔다. 정수리 위로 뜨거운 물이 쏟아졌다. 레버를 끝까지 돌려서 가장 뜨거운 물이 나오게 했지만 그 온도가 내 몸 깊은 곳까지 전해지지 않았다. 도리어 명치께가 점점 차갑게 얼어붙는 것 같았다. 한동안 잠자코 눈을 감은 채 뜨거운 물을 맞고 있으니 그 남자의 낮은 음성이 떠올랐다. 집에서 돌아가셨냐는 내 질문에 그렇게 치자는 대답, 죽은 지 일주일이면 되겠냐며 반문하며 웃던 기억이 하나둘 떠올랐다. 그의 종잡을 수 없는 태도와 머뭇거리며 대답을 망설였던 이유는 너무나 명백했다. 그때까지는 아무도 죽지 않았으니까.

자살을 결심하고 그 뒤에 수습할 일까지 염려한 남자. 자기 죽음에 드는 가격을 스스로 알아보겠다며 전화를 건 남자. 도대체 이 세상에는 어떤 피도 눈물도 없는 사연이 있기에 한 인간을 마지막 순간으로 밀어붙인 것만으로 모자라, 결국 살아 있는 자들이 짊어져야 할, 죽고 남겨진 것까지 미리 감당하라고 몰아세울까?

나처럼 온갖 일을 겪으며 매사에 동요가 없어진 무감한 자보다는 좀 따뜻하고 인간적인 사람과 대화하는 편이 낫지 않았을까? 그가 마지막으로 건 전화였다면 말이다. 죽은 자의 집을 치우는 견적을 정확히 내겠다며 내가 건넨 질문 하나하나가 아직 살아 있던 그의 가슴 곳곳을 예리하게 찔러대는 송곳이 되지는 않았는지, 건넨 단어 하나하나가 자기의 죽음을 실감케 하는 비정하고 뼈저린 암시가 되지는 않았는지. 그저 미안하고, 부끄럽고, 고개 들 염치도 없다. 신이 계신다면, 그 남자가 생전에 의지하고 믿었던 신이 어딘가에 계신다면, 지금이라도 그 품으로 불러 단 한 번만 따스하게 안아주실 수는 없는지.

욕실에 벌거벗고 선 채 울고 싶어도 눈물 한 방울 내지 못하는 나를 대신해서 죄 없는 샤워기만 하릴없이 뜨거운 물을 쏟아내고 있다.

도대체 이 세상에는 어떤 피도 눈물도 없는 사연이 있기에
한 인간을 마지막 순간으로 밀어붙인 것만으로 모자라,
결국 살아 있는 자들이 짊어져야 할,
죽고 남겨진 것까지 미리 감당하라고 몰아세울까?

솥뚜껑을
바라보는
마음

아침 일찍 집을 나서는데 옆집 문 앞에 큼직한 봉투와 종이 캐리어가 놓여 있다. 자세히 보지는 않았지만, 집 근처 상업 지구에 있는 프랜차이즈 패스트푸드점에서 배달된 햄버거와 콜라 세트 같다.

인사 한 번 제대로 나눈 적 없지만, 몇 년째 옆집에 살다 보니 의도치 않게 이웃에 대해 하나둘 알게 된 사실이 있다. 우선 그녀는 젊은 시절 농구선수가 아니었을까 하는 생각이 들 정도로 키가 크고, 사납게 짖는 개 두 마리를 키운다. 딸로 보이는 젊은 여성이 때때로 집에 드나들고, 모전여전이랄까 그녀 역시 몹시 키가 크다. 그들이 함께 집에 머무는 동안엔 이따금 다투는 소리가 들리기도 했다. 또 하나 인상적인 것은 옆집 문 앞에 거의 매일 같이 택배 상자가 도착해 쌓여 있다는 점이다. 언제나 자정을 넘어서 집에 돌아오니 개들 말고는 우편물을 받아줄 사람이 없는 탓이리라.

다음 날 아침에 집을 나서는데, 옆집 문 앞에는 또다시 햄버거 콜라 세트가 배달되어 있다. 웬일인지 택배 상자는 하나도 보이지 않고, 어제와 똑같은 모습으로 햄버거가 담긴 갈색 봉투와 콜라가 담긴 종이 캐리어만 문 앞에 놓여 있다.

— 매일 햄버거 주문이라…. 바쁘게 사시는군. 별일이다, 오늘도 택배가 없네.

내가 일과를 마치고 오후 늦게 집에 돌아왔을 때 옆집 문 앞에는 배달된 햄버거 세트가 여전히 놓여 있었다. 똑같은 위치에 봉투와 캐리어가 놓여 있는 모양새가, 어쩌면 어제 배달된 상태 그대로인지도 모른다고 생각했다.

거실 소파에 앉아 음악을 듣는데 요 며칠 옆집에서 개 짖는 소리를 듣지 못했다는 사실을 깨닫는다. 지난 주말이었나, 자정을 한참 넘긴 시각에 여자 두 명이 언성을 높이며 싸우는 소리가 들렸던 것도 같다. 그 소리를 마지막으로 이웃집에 대해 더는 떠오르는 것이 없다. 그런 생각이 들자 어떤 불안감이 나를 엄습한다.

그녀가 내 옆집으로 이사 온 때는 재작년 여름이다. 먼바다의 섬 몇 군데를 제외하곤 한반도 전체가 무더위에 벌겋

게 달아오르고, 건물 복도의 막다른 벽마다 옹기종기 모여 있는 에어컨 실외기가 "우-우-우" 하며 저음의 코러스를 멈추지 않는 여름이었다. 먼저 살던 이웃이 떠난 다음 날부터 내장 공사를 시작했는지 꼬박 이 주일 동안 아침부터 해 질 무렵까지 "쿵쾅쿵쾅" "드르륵드르륵" 하는 소리가 옆집에서 이어졌다. 시너와 페인트 냄새가 벽을 넘어 내가 사는 곳까지 잠입해왔다.

내가 하는 일이야말로 소음을 수반하지 않고는 할 수 없는 것. 평소의 직업적인 죄책감이 누적되어 어느새 공동생활의 아량으로 용해되었는지, 남녀 혼성으로 주짓수를 하든 야간사격 훈련을 하든, 벽과 천장이 허물어져 잠자리에 누운 채 상견례를 하는 정도만 아니라면 굳이 이웃을 나무라지 않겠다는 싯다르타의 평정심을 흉내 내는 스스로가 대견했다.

— 그래, 아무 소리도 내지 않고는 도저히 공사를 못하는 법
  이지.

바야흐로 내 오지랖은 옆집에서 망치를 두드리는 낯선 작업자의 억울한 심정을 항변해주고 싶은 지경에 이르렀나

보다. 내 알량한 관용이 어디까지 자라나는지 지켜보던 어느 날, 옆집의 공사 소음이 멈추고 불현듯 정적이 찾아왔다. 고요한 일주일이 지난 뒤 저녁에 옆집에서 개들이 짖는 소리가 들리기 시작했다. 비로소 새 이웃이 이사해 온 것이다.

알려진 대로 애착 장애가 있는 개들은 주인이 외출하면 부재를 견디지 못하고 귀가할 때까지 온종일 짖어댄다. 이웃은 매일 오전 열한 시 십오 분에 외출했다가 자정을 갓 넘긴 밤 열두 시 오 분에 집에 돌아왔는데, 오차 없이 정확하고 한결같았다. 경건주의에 심취한 부모 밑에서 엄하게 자란 칸트의 강박처럼 이웃의 개들은 주인이 없는 동안 규칙적으로 짖어댔다.

온종일 고막을 울리는 개 짖는 소리에 내 오지랖과 아량은 즉각 성장을 멈추고 주저앉아 다시 뒤뚱뒤뚱 아기 걸음마를 시작했다. 설상가상인지 옆집 개가 짖으면 화답하듯 더 먼 집의 개들도 연달아 짖어댄다. 나를 가운데 앉혀두고는 구애하는지 시비를 거는지 알 수 없는 언어를 서로 주고받는다.

— 저놈의 개들이 쉬지 않고 저리도 지랄 맞게 짖어대는데, 성숙한 민주사회의 일원으로서 내가 가만두는 것이 온

당한가? 관리사무소에 전화해서 하소연이라도 해볼까?

불과 며칠 만에 내 신경은 급격히 쇠약해졌다.

그러던 어느 날, 초저녁 일찌감치 잠자리에 든 나는 개 짖는 소리에 별안간 잠에서 깼다. 지방 출장으로 다음 날 어둑새벽에 집을 나서야 했고, 장거리 운전을 대비해 삼십 분이라도 더 자두어야만 했다. 비몽사몽간 몸을 일으키고 보니 지금 개를 키우는 사람이 이웃이 아니라 사실은 나라는 착각마저 들었다. 정신을 번뜩 차리고 자리에 누운 채 손목을 들어보니 시계는 정확히 밤 열두 시 오 분, 이웃이 막 귀가한 참이다. 씩씩거리며 옆집 벽에 대고 '임마누엘 칸트'에서 앞 두 음절만 소리치고 싶은 심정을 가까스로 참았다.

그렇게 몇 달이 지나고 가을이 되자 다행히도 옆집 개들은 사뭇 얌전해졌다. 그들도 새로운 환경에 적응할 시간이 필요했던 것이다. 때때로 분별없이 짖는 것은 여전했지만 몇 시간을 쉬지 않고 짖어대는 것만은 멈추었다. 다만 당신만 기다리며 집 지키는 억울한 심정을 알아달라는 듯, 하루 중에서 주인이 집을 나가고 들어오는 두 순간만큼은 맹렬하게 짖어댔다.

―그래, 저 정도만이라도 얼마나 다행인 일이냐? 야생의
　습성을 반납하고 아무 소리를 안 내는 개들도 가련한 법
　이지.

　성장을 멈춘 줄 알았던 내 아량도 어느새 회복되어 다시
금 거만해졌다. 그렇게 내가 개를 키우는지 아니면 개가 나
를 키우는지, 이웃이 개를 키우는지 혹은 그 이웃이 나를 키
우는지 알쏭달쏭한 시간이 흘렀다. 웬만한 개 소리에는 무
심해진 채 계절이 지나고 해가 바뀌었다.

　며칠째 찾아가지 않는 햄버거.

　결국 의구심을 떨치지 못하고 문을 열고 나가서 직접 상
황을 확인하기로 했다.

　먼저 봉투에 조그맣게 붙어 있는 종이를 살펴보았다. 프
랜차이즈 패스트푸드점의 주문 코드와 발행 일자가 인쇄된
영수증을 보니 이미 사흘이나 지나 있다. 문 앞에 배달된 뒤
아무도 건드리지 않은 것이 분명하다. 봉투 안에서 온도를
잃고 후줄근해진 햄버거 뭉치는 하나의 예감으로, 일상적으

로 죽은 사람의 집을 방문하는 내 직업적인 후각을 자극한다. 죽은 이의 집에 처음 도착할 때 수도 없이 목격한 문 앞 정경, 그 기억들이 단 하나의 강렬하고 단발적인 경고로 집약되어 며칠째 방치된 옆집 햄버거와 직선으로 이어진다.

— 혹시 내 이웃이 스스로 목숨을 끊은 것이 아닐까?

삶을 비관한 끝에 어린아이와 아내를 죽이고 자살을 선택한 사람의 뉴스는 이제 낯설지 않다. 유독 가족주의의 질긴 끈을 놓지 못하는 우리나라에서 종종 일어나는 비극이다. 내 상상 속에서, 옆으로 돌아누운 채 움직이지 않는 개들의 모습이 떠올라 머리를 좌우로 흔들었다. 또 기억 속에서, 주인이 홀로 죽고 개가 그 곁을 맴돌며 숱한 피의 발자국을 남긴 방의 모습도 떠올랐다. 언젠가 보았던 그 검붉은 발자국을 어쩌면 평생 잊지 못할 것 같다. 어느새 이웃집 여성에 대한 걱정이 불온하고 음습한 색채의 수묵화처럼 머릿속에서 스멀스멀 넓고 빠르게 번져간다.

문을 닫고 집에 들어섰을 때 내 어두운 기색을 살피는 가족에게 이웃에 대한 걱정을 솔직하게 털어놓았다.

— 개들 데리고 여행이라도 갔나 보죠. 요즘 수영장 딸린 반
려동물 펜션이 유행하잖아요.

그 말이 일리가 있다 싶어 일단 며칠만 더 지켜보자고, 좀
더 구체적인 징후가 발견되면 곧바로 관리사무소에 알리
고 경찰에 신고하자고 했다. 어쩌면 사안의 엄중함을 피력
하고 내 추리의 설득력을 강조하기 위해, 마주치며 인사할
때마다 실없는 농담을 주고받던 경비원 아저씨에게 이제는
명함을 드리고 내 직업을 밝혀야 할지도 모른다.

그 이후 낮 동안 몇 번이고 문을 드나들 때마다 옆집에서
혹시 무슨 냄새라도 나는지 살폈다. 게이트키퍼[15]의 한 사
람으로서, 사람이 죽고 부패하면서 자아내는 냄새라면 누
구보다 먼저 발견하리라는 자신감이 있다. 하지만 현관문
앞에선 여전히 아무 냄새도 나지 않았다. 단서라곤 천천히
말라가는 햄버거와 고요함뿐. 그런 사실이 한편으론 안심
으로, 또 한편으론 불안으로 다가왔다.

또 하루의 시간이 지나고 어김없이 밤이 찾아왔다. 자정

----

15 자살 혹은 고독사 위험 대상자를 사전에 찾아내서 전문기관에서 상담과 치료를 받을
    수 있도록 돕는 사람. 또는 고독사의 최초 발견자.

을 갓 넘겼지만, 주위는 그저 고요하기만 하다. 개들이 짖는 소리를 탓하며 이웃에게 미운 마음만 가득 품었던 내 자신이 도리어 미워졌다. 이런저런 근심과 잡념을 오가며 멍하니 누웠다가 버릇처럼 책을 펼쳐 읽지만, 여느 때처럼 십 분을 채 못 넘기고 잠에 빠졌다.

한참 동안 벼랑 끝에 매달려 버티다가 마침내 양 손가락 끝의 힘마저 모조리 빠져나갔다. 손을 놓자마자 바닥도 보이지 않는 계곡의 시커먼 아래쪽을 향해 끝도 없이 몸이 미끄러져 내려갔다. 아프지는 않았지만 등이 벽을 타며 내는 소리가 어찌나 시끄러운지 양쪽 귀를 막으려는 찰나에 꿈에서 깨어났다. 깨고 보니 정작 시끄러운 소리는 꿈이 아닌 현실 세계의 옆집에서 난다. 아직 창가는 미명으로 어슴푸레한데 "컹! 컹! 컹!" 하고 적막을 깨뜨리는 소리가 들렸다.

'개들이다. 이웃 여자가 살아 있다. 그녀는 죽지 않았다.'

화들짝 놀라서 침대에서 윗몸을 일으켰다. 손목을 들어 시계를 보니 새벽 다섯 시 반. 뜻밖의 시간에 잠에서 깨어났지만 화가 나기는커녕 반가운 마음만 가득했다. 새벽의 돌연한 흥분과 벅차오르는 마음, 진심으로 기뻤다. 탄식인지 웃음인지 모를 소리가 허, 허, 터져 나왔다.

자라 보고 놀란 가슴 솥뚜껑 보고 놀란다더니, 허구한 날 죽은 사람의 집 문턱을 들락날락하다가 이제는 멀쩡히 살아 있는 사람의 집조차 넘겨보지 못한다. 몇 년 만에 반려동물까지 데리고 여행에 나섰을지도 모를 이웃 여성을 제 마음껏 고인으로 만들고는, 심지어 개들의 안위까지 걱정하며 혼자 가슴 졸였다니…. 돌이켜보면 참 어이없는 공상이다. 죽은 자의 집을 치우는 자가 느끼는 일상적인 불안과 트라우마가 만들어낸 픽션이자 해프닝?

더위 먹은 소는 달이 뜬 것만 봐도 헐떡인다는데 바로 지금 내가 그 꼴이다. 간을 졸이며 솥뚜껑을 붙잡아본들 살아 있는 자라가 되어 꿈틀거릴 일도 없고, 솥 안에 사람이 먹을 만한 양식 말고는 달리 들어 있을 것도 없다.

심려 깊은 자여, 어느 날 부질없이 근심이 일어나면 그날로 후후 불어버리자. 또 그 자리에 아직 불안과 걱정이 남았다면 걸레질하듯 손을 뿌리치며 훌훌 털어버리자. 그대가 현명한 청소부라면, 두려움과 의심의 구름에 가려진 하루하루의 행복을 그 특기인 쓸고 닦기로 찾아내는 수밖에 없다.

이제 곧 날이 밝으면 마이크를 잡고 각 세대에 연결된 공용 스피커를 통해 실내 방송이라도 해보고 싶은 심정이다.

— 1205호에 사시는 입주민께 알립니다. 개들과 함께 죽지 않고 살아 돌아오신 것을 진심으로 환영합니다.

화장실
청소

인도 전역을 여행하는 자라면 뉴델리 역 앞에 있는 파하르
간지Paharganj라는 번잡한 동네만큼은 별다른 도리 없이 거
쳐야 한다. 특히 처음 인도를 여행하는 자라면 흔히 여정의
첫날 밤을 이 동네에서 맞게 되는데, 인디라 간디 국제공항
에서 가까울 뿐만 아니라 거대한 인도 대륙의 동서남북 어
디로나 갈 수 있는 교통 중심지기 때문이다. 환전소와 식당,
온갖 상점이 즐비하고 세계에서 가장 많은 호객꾼과 사기
꾼, 소매치기가 활약하는 구역이라고 할 만하다.

　나는 배낭 위로는 침낭, 아래로는 샌들을 달랑달랑 매달
고 '최저가 우선주의'에 입각하여 인도 전역을 여행하고 있
었다. 이미 남부를 찍고 중부 지방을 거쳐온 나와 일행은 달
라이 라마를 만날 수 있을지도 모른다는 어설픈 기대를 품
고 티베트 망명 정부가 있는 북쪽 지방에 가기 위해 다시
파하르간지에 돌아왔다. 선택의 여지없이 곧장 '브라이트
bright 게스트하우스'라는 명랑한 이름의 숙소로 향했다. 진
작 발품을 팔아서 찾아본 결과 그곳이 역에서 제일 가깝고

쌌기 때문이다. 오랜 여행을 지속하자니 한 푼이라도 귀했던 터라 샤워 시설이 딸린 방은 고사하고, 재래식 변기 하나 겨우 딸린 이 층의 방을 잡고 돈을 치렀다. 재방문이라는 점을 내세워 흥정을 시도했지만, 낮 동안 접객을 담당하는 미스터 씽은 이곳보다 저렴한 곳이 있다면 얼마든지 가라는 말과 함께 자신만만한 미소를 지으며 콧수염 끝을 매만졌다.

우리는 우선 창문을 열어 벽에 붙은 도마뱀을 내보내고, 도저히 제정신으로는 눕지 못할 지경인 침대 시트 위에 침낭을 넓게 펼쳐서 깔았다. 천장 한가운데서 무거운 굉음을 내며 천천히 돌기 시작한 선풍기를 침대에 드러누워 보고 있자니 날개 하나가 당장이라도 떨어져 나를 덮친다 해도 놀랍지도 않겠다는 생각이 들었다. 그래, 될 대로 돼라. 인도에서 한국인이 게스트하우스 천장에 달린 선풍기 날개를 맞고 사망하면 외신에 한 줄쯤 실리겠지. 기차를 타고 오면서 스스로 약사라고 소개한 옆자리의 또 다른 미스터 씽에게 얻어 읽은 영문판 인도 신문에 일부러 머나먼 인도의 바라나시까지 찾아와서 자살한 어느 일본인에 관한 기사가 떠올랐다.

오랜 시간 기차를 타고 오느라 지친 탓에 이내 졸음이 쏟아지는가 싶더니만 선풍기가 돌아가며 슬금슬금 피어오른 몹쓸 냄새에 별안간 눈이 뜨였다. 익숙하지만 언제나 거부하고 싶은 그 냄새. 화장실이라고 부르기 힘들게 생겼지만 바닥에 변기가 붙어 있으니 화장실이라고 부르지 않을 수도 없는, 문 왼쪽 벽에 조그맣게 뚫린 공간에서 비롯한 냄새였다.

나와 일행은 배낭에서 가루 세제를 꺼내 물에 풀고, 설거지에 쓰는 녹색 수세미의 일부를 조그맣게 잘라서 바닥을 문질러댔다. 타일 하나 안 붙은 거친 시멘트 바닥과 변기에 눌어붙은 똥 딱지를 세제로 녹이고 닦아내는 것만으로는 냄새가 쉽게 가시지 않았다. 남자 숙박객 여럿이 그 좁은 곳에 아슬아슬하게 서서 소변을 보느라 벽면에 오줌이 다 튀었기 때문이다. 벽도 벽이지만 자신들의 정강이에 더 많이 튀었을 것 같다. 밤에 길을 나섰다면 식당 주변에서 무리 지어 쏘다니는 개들에게 퍽 환영을 받았으리라. 우리가 땀을 뻘뻘 흘리며 벽면까지 모두 다 닦아내자 비로소 호흡기관이 달린 생명체가 숨 쉴 만한 방이 되었다.

온갖 청소의 기억으로 가득한 내 인생에서 가장 인상적인 화장실 청소를 꼽자면 제일 먼저 인도 파하르간지의 화장실 청소가 떠오른다. 이미 십수 년도 훨씬 지난 일이지만 그날 브라이트 게스트하우스의 화장실 청소가 내 기억의 원형을 구성하는 고대 벽화처럼 지워지지 않고 온전하게 새겨져 있다. 아마도 그날 청소를 끝냈을 때 무엇과도 비견할 수 없을 만큼 커다란 성취감과 행복을 느꼈기 때문일 것이다.

이어서 두 번째 고대 벽화 이야기.

첫눈이 내린 날 아침, 네 평 남짓한 고시원 단칸방에 있는 쓰레기를 치워달라는 전화를 받았다. 의뢰인은 여름부터 이사를 가고 싶었지만 쓰레기와 잡다한 살림이 문을 막고 버티는 바람에 도저히 벗어날 엄두를 내지 못한다고 했다. 그녀의 주문은 고시원장이 출근하는 저녁 일곱 시가 되기 전까지 모든 것을 치우고, 누군가 왔다 간 흔적 없이 사라져줄 것. 그리고 변기가 막혀 있으니 직접 뚫어주거나, 어렵다면 배관공을 불러서 해결해달라는 것이었다.

낯선 이의 등장에 힐끔거리며 복도를 오가는 고시원 거주자들을 외면한 채 문을 힘겹게 밀며 어렵사리 그 방 안으로 들어섰다. 의뢰인의 고충은 과장된 것이 아니었다. 실제로 입구까지 쌓인 쓰레기 더미 때문에 쉽사리 문을 열 수 없었다. 애초에 고시원에 딸린 가구이니 버리지 말라고 당부받은 침대는 쓰레기 산에 묻혀 귀퉁이조차 보이지 않았다. 온갖 쓰레기와 잡동사니를 종류별로 나눠 마대와 봉지에 담기 시작한 지 한참 지난 뒤에야 침대의 모습이 드러났다. 옆면의 지퍼를 열어 음식 양념으로 얼룩진 매트리스 덮개를 벗기자 비로소 쓰레기 정리가 일단락되었다. 이제 엘리베이터도 없는 건물 오 층에서 일 층까지 오르내리며 쓰레기 옮길 생각을 하니 잠시 여유를 찾은 마음이 다시금 막막해졌다.

쓰레기와의 동반 등정을 하기 전에 일단 한숨 돌릴 요량으로 막힌 변기의 상태를 점검해보기로 했다. 배관공을 초빙할지 내가 직접 해결할지 판단하려면 일단 뚜껑을 들어올려서 봉인된 판도라의 상자를 열어야 한다. 변기 아래 타일 바닥은 세정제를 뿌리고 물에 불려서 금속 끌로 일일이 긁어내야 할 만큼 종이가 여러 겹 눌어붙은 채 바짝 메말라 있다. 물을 사용하지 않은 지 오래된 탓이다. 의뢰인이 자기 방에 딸린 화장실을 굳이 이용하지 않고도 용케 지낼 수 있었던 이유는 이 고시원에 개인 화장실이 포함되지 않은 방의 거주자를 위해 공용세탁실과 화장실이 따로 마련되어 있기 때문이다. 피자 조각이나 치킨의 남은 뼈 같은 음식물 쓰레기가 가득했던 방에 이미 후각이 적응해버린 탓인지 변기 주변에서 별다른 냄새를 느낄 수 없었다. 그래서 일말의 망설임 없이 가벼운 마음으로 양변기 뚜껑을 위로 들어 올렸다.

본능이라는 램프에 순식간에 불이 켜졌다. 뚜껑을 들어 올리자마자 빛의 속도로 다시 닫아버렸다. 방금 내가 본 것은 무엇인가? 변기는 그냥 막힌 정도가 아니라 똥을 비롯한 오물로 정상까지 가득 차 있었다. 얼핏 본 양상, 그 두루뭉술한 피라미드 같은 형태로 짐작해보면 똥과 휴지로 이미 변기가 막힌 상태에서, 그 위에 싸고, 또 싸서 겨우 넘치지 않을 만큼 차오른 채로 굳어버린 것이다. 그나마 다행인 것은 시간이 너무 오래 지나버린 탓에 냄새가 정점을 찍고 반감기를 지나 오히려 미미해졌다는 점이다.

배관공의 조상을 초빙해도 이 심각한 변기 앞에서 고개를 가로젓고 뒷걸음질칠 것 같다. 결국 이 사태를 해결할 자는 판도라의 상자를 처음 연, 무모한 짓을 저지른 사람이다. 어쩔 도리 없이 방독마스크를 고쳐 쓰고 변기 앞에 쪼그리고 앉아 고무장갑을 낀 양손으로 똥을 그러모아 봉지에 옮겨 담기 시작했다. 안타깝게도 세상에는 아직 변기에 든 똥을 퍼내는 도구가 발명되지 않았다. 나라면 누구보다 먼저 크라우드 펀딩에 참여할 텐데….

상단의 굳은 똥을 뜯어내자 그 아래는 걸쭉한 액체 상태의 똥이 그득했다. 봉지에 똥을 담아 두 겹으로 묶고, 터질세라 한 번 더 또 다른 봉지로 감쌌다. 이 단순한 작업을 몇 번이나 반복했을까? 행여나 똥이 튈까 잔뜩 긴장한 채 쪼그리고 앉아 있던 탓에 허리는 터질 것처럼 쑤시고, 오랫동안 굽힌 채 버티던 발바닥은 불붙은 것처럼 뜨거웠다. 거리에는 첫눈이 쌓여 있는데 땀은 철모르고 쏟아져 방독마스크의 오목한 곳에 모여들어 숨을 들이 쉴 때마다 질척이는 소리를 냈다.

삼십 분쯤 흘렀을까? 손에 머물지 않고 자꾸만 옆으로 빠져나가는 똥을 쉬지 않고 퍼 담은 끝에 비로소 모든 오물덩어리를 변기에서 남김없이 끄집어냈다. 그 사실 하나만으로 마음이 매우 홀가분해졌다. 마침내 해냈구나. 방독마스크를 벗자 "흐흐" 하고 웃음이 났다. 이미 더러움 따위는 의식 속에서 사라진 지 오래다.

이어서 미리 준비해간 검정 고무가 달린 압축기를 변기 밑바닥에 바짝 붙이고 힘껏 들쑤셨다. 한참 들쑤셔대도 아무런 조짐도 없다가 어느 순간 변기 저 아래의 어딘가에서 꾸르륵거리는 소리가 나더니 비로소 "콰르르" 하는 소리를 내며 물이 내려갔다. 나는 압축기를 내려놓고 양손을 번쩍 들었다. 만세! 변기와 사투 끝에 여기 한 인간이 살아남았다. 이 벅찬 성취감과 행복을 누구와 함께 나눌 수 있을까?

돌이켜보면 나는 얼마나 많은 변기를 닦아왔나. 변기 속엔 흔히 더럽고 냄새나고 끔찍한 것이 자리를 잡고 들어앉게 마련이다. 똥이나 오줌 따위야 지당한 것이고, 술을 먹고 게워놓은 토사물로 가득한 변기, 지병을 앓다가 고독사한 이가 발견된 집에서는 각혈로 피가 잔뜩 고인 변기도 흔히 만났다. 지상의 그 어떤 더럽고 난처한 것도 군말 없이 받아주는 한량없이 너그러운 존재가 있다면 바로 변기일 것이다. 나는 웬만해선 이 주장을 굽힐 생각이 없다.

화장실 청소를 마치고 도기용 광택제를 뿌려서 변기와 세면대를 천사장 가브리엘의 이빨이라고 할 만한 수준으로 하얗고 눈부시게 닦아놓으면 마음이 참 뿌듯해진다. 더러움이나 불쾌함은 온데간데없어지고, 그 자리엔 그저 순수하고 충만한 행복이 남는다.

어째서인지 인간의 마음도 더러운 화장실 청소처럼 얼마간 곤욕을 치르고 나면 잠시나마 너그러워지고 밝아진다.

평소 우울감에 시달려 단순하게 행복해지는 방법을 찾는
사람에게는 무엇보다 화장실 청소를 추천하고 싶다. 그 화
장실이 더럽고 끔찍할수록 더 좋다.

지폐처럼
새파란
얼굴로

범죄 현장에 도착하면 사람들은 대개 표정이 얼어붙어 있다. 피해자의 가족과 지인들, 우리를 부른 지방경찰청 청문감사실의 행정직 경찰들과 사건이 일어난 주소지 관할 파출소의 현장직 경찰들, 관리사무소 직원과 경비원들…. 한날 한자리에 모인 모든 이의 표정이 하나같이 어둡고 싸늘하다. 피를 닦으러 온 우리 청소부들도 현장으로 향하는 차 안에서야 사건과 관련 없는 한담을 주고받으며 물렁한 얼굴이었을지 몰라도, 양손에 장비를 들고 폴리스 라인 안쪽으로 넘어서는 순간부터 불포화 지방산의 동물성 기름에 바싹 튀긴 표정으로 딱딱하게 굳어버린다.

소나기가 그친 뒤 길가에 생긴 웅덩이처럼 검은 피가 현장 바닥에 길쭉한 타원형으로 고인 채 굳어 있고, 사방 벽면에 핏방울이 흩뿌려진 실내는 사뭇 공기마저 다르다. 사람이 홀로 죽고 오래 방치된 곳에 비하자면 딱히 곤란한 냄새가 풍기지는 않지만, 불문율처럼 범죄 현장에 발을 들인 누구라도 그 음험한 공기에 입을 다물게 된다. 피투성이 상해

현장은 끔찍하다는 점에서 누구에게라도 공평하고, 자비가
없다.

사건과 사고를 뉴스로만 접하는 평범한 시민에겐 생소하
겠지만, 범죄로 부당한 피해를 입은 이를 보호하고 도움을
주는 취지로 유혈 상해 현장에 특수청소를 지원한다. 예전
에는 각 지방검찰청에 속한 범죄피해자지원센터에서 주로
맡던 일을 언젠가부터 경찰청 인권보호담당관의 주관 아
래 전국 지방경찰서도 동참한다. 대한민국 건국 이래 줄곧
상명하복과 지휘, 종속 관계로 인해 경쟁과 협조의 아슬아
슬한 줄타기를 해왔던 검찰과 경찰이 이제는 시대 분위기
에 편승하여 인권서비스조차 앞다투어 본보기가 되려는 것
같다. 청소하는 처지에서야 누가 의뢰를 하든 군소리할 이
유도 없고, 누구 편을 들 수도 없다. 언젠가 한 지방경찰청
의 청문감사실에 들렀을 때 "요즘 검찰 쪽은 분위기가 어때
요?"라며 의중을 슬쩍 떠보는 담당 경사에게 동문서답으로
너스레를 떤 기억이 난다.

— 저희야 뭐, 어떤 곳이든 감쪽같이 만들어놓을 뿐이죠.

우리를 부른 자가 경찰이든 검찰이든, 하느님을 모시든 부처님을 섬기든, 그저 피해자 편에서 깨알 같은 핏자국 하나라도 더 찾아내서 언젠가 떠올릴지도 모를 악몽의 씨앗을 모조리 제거할 뿐이다. 사건의 흔적이라곤 어떤 사소한 것조차 남기지 않고 완벽하게 청소하는 것만이 우리 같은 특수청소부가 자부할 일이다.

공교롭게 그동안 맡아온 범죄 현장은 대부분 돈에 얽힌 살인과 미수, 상해치사가 일어난 곳이다. 드물게 성범죄나 치정범죄 현장 의뢰도 있지만, 검경이 나서서 피해자에게 청소서비스라도 해서 도움을 줄 만큼 일반인은 손쓸 도리 없을 정도로 참혹한 사건은 주로 돈과 연관된 것이었다. 범죄 현장 바닥에 엎드려 선혈이 굳어 생긴 붉고 거무튀튀한 막을 긁어내자면 '돈처럼 인간의 감정을 송두리째 뒤집고, 흔들고, 들끓게 하는 것도 없구나' 하는 생각이 새삼스레 든다. 어쩌면 돈이란 전산 상에서는 숫자에 불과하고, 현실 생활에선 그저 일정한 크기로 썰어놓은 얇은 종잇조각일 뿐이지만, 진실을 자백하길 강요하는 몹쓸 부적이라도 된 것처럼 그 앞에서 수많은 인간이 무릎을 꿇고 저열한 속내를 숨기지 못한다.

내가 청소를 맡은 현장은 유독 돈 문제로 자신과 배우자의 직계존속 간에 앙심을 품거나, 우발적인 다툼이 일어나 파국을 맞이한 경우가 많았다. 어쩌면 존속살해처럼 사회적으로 큰 이슈가 된 사건일수록 인권서비스가 주저 없이 손을 내밀 수 있었는지도 모른다. 그런 사건 현장일수록 우리 같은 청소부가 곧잘 부름을 받는다.

동생이 형을 찔러 죽이고, 남편이 아내의 목을 졸라 죽이고, 남편이 아내의 언니를 때려서 죽였다. 귀한 가족의 인연으로 맺어졌건만 돈에 얽혀선 원수보다 못하다. 돈을 더 달라고 죽이고, 돈이 없다고 무시해서 죽이고, 주기로 한 돈을 갚지 않는다고 죽인다.

줄곧 자신의 면도를 담당해온 이발사조차 언제 나를 해칠지 모른다며 끝까지 불신의 눈을 거두지 않았던 쇼펜하우어. 평소 그의 철학에서 교훈을 얻은 자가 이런 현장을 보면, 그동안 스스로 갈고닦은 염세주의적 세계관에 좀 더 자신감을 얻어 "그것 봐라, 세상은 이토록 비정하고 희망이 없다"며 기고만장해질 것만 같다. 이런 현장에서는 피해자 가족이 곧 가해자 가족인 경우가 많아서 누구라도 어쭙잖은 위로의 말 따위는 꺼낼 생각조차 안 하는 편이 낫다. 나역시 청소할 범위를 묻는 것 외에는 될 수 있으면 말을 아끼고 묵묵히 일에만 집중한다.

  범죄 현장에 모인 낯빛이 어두운 사람들, 침울하고 굳게 입을 다문 얼굴들. 오늘 한자리에 모인 우리가 이곳을 떠나서 각자 집으로 돌아가, 가족과 함께 저녁 식사를 마치고 고단한 몸을 침상에 누일 때면 어떤 표정일까? 만약 꿈의 신 모르페우스[16]가 그 얼굴을 굽어본다면, 우리의 가장 순진했던 시절 엄마 모습으로 꿈에 찾아와 "아이야, 악몽은 잊으렴" 하고 밤새 자장가를 부르며 머리카락이라도 매만져주면 좋겠다.

  — 제가 하느님께 받은 은총이 한 가지 있다면 그것은 망각입니다. 고해성사실에서 나오는 순간 교우들이 털어놓은 그 어떤 곤란하고 심란한 회개와 사연도 쉽게 잊을 수 있습니다. 그러지 못하고 한동안 스트레스로 끙끙 앓는 동료 신부들도 있거든요. 제게 고해성사를 한 교우들

----

16 그리스 신화에 나오는 꿈의 신. 그의 형제인 포베토르와 판타소스가 동물이나 사물의 형상으로 꿈에 등장하는 반면, 모르페우스는 생김새와 목소리, 걸음걸이, 습관마저 똑같은 인간의 형상으로 꿈에 나타난다.

도 언제나 편견 없이 다시 반갑게 만날 수 있습니다.

안식년을 보내기 위해 돌담으로 에워싼 조그만 산골 집으로 거처를 옮기고, 방문한 이에게 손수 드립 커피를 내려주던 한 신부님의 말씀이 생각난다. 은총이랍시고 망각을 내려주는 신. 그때는 그것이 왜 은총인지 제대로 이해하지 못했다. 그러나 돈 때문에 죽고 죽이는 전국 각지의 가정을 싸돌아다니다 보니, 만 원권 지폐처럼 새파랗고 빳빳한 얼굴의 신보다는 웬만한 것은 눈감아주고 잊어버리라는 신을 더 따르고 싶다.

부디 오늘 밤 우리에게도 은총이 임하길. 무표정보다는 수다스럽고 붉으락푸르락하는 얼굴이 더 정겨운 법. 때로는 망각을 청하는 기도를 드리고 싶다.

오늘 한자리에 모인 우리가 이곳을 떠나서
각자 집으로 돌아가,
가족과 함께 저녁 식사를 마치고
고단한 몸을 침상에 누일 때면
어떤 표정일까?

호모 파베르

인간 자살의 아이러니가 있다면 무언가의 도움 없이 혼자서는 성공하기 어렵다는 것이다. 독극물이든 밧줄이든 무언가 도구를 이용해야만 수월하게 죽음에 이를 수 있다. 맨몸으로 높은 곳에서 떨어져 죽고자 해도 중력이라는 물리 법칙에 더하여 자신의 몸에 실질적인 충격을 줄 수 있는 바닥이라는 막강한 보조물이 있어야 한다. 한강 다리에서 뛰어내리는 이유는 몸을 맡기는 순간 나 대신 숨통을 끊어줄 깊은 강물이 기다리기 때문이다.

자기 손으로 목을 졸라서 죽을라치면 숨통이 끊어지기 전에 제풀에 지치거나 의식이 혼미해져 반드시 멈추고 만다. 자기 의지로 한순간 호흡을 멈추고 죽는 데 성공했다는 이야기를 들어본 적 있는가? 하물며 자신에게 직접 맨주먹을 휘둘러 죽은 사람은? 그런 무모한 시도는 곧잘 슬랩스틱 코미디의 한 장면이 되곤 한다. 요컨대 인간은 애초에 자신을 쉽게 죽일 수 있도록 탄생하지 않았다.

급기야 인류는 자살의 도구나 보조물 같은 오브제에 대

한 집착을 넘어서, 직접 죽음을 도와줄 이를 찾아 나서기에 이르렀다. 이것을 놓고 공동체 의식의 진화로 봐야 할까, 퇴화로 받아들여야 할까?

안락사란 결국 자력만으로는 차마 죽을 수 없어서 의료인 같은 제삼자에게 살인을 청부하는 것이다. 우리나라는 '연명의료 중단'에 대해선 슬슬 허용하는 쪽으로 법률을 가다듬었지만 적극적인 조력 자살에 대해선 '촉탁과 승낙에 의한 살인에 관한 형법[17]'으로 여전히 엄격하게 금한다. 네덜란드와 스위스, 캐나다 등은 명분과 조건을 정하고 일찍이 안락사를 합법화했다. 미국 오리건 주는 1997년부터 안락사를 허용했는데, 설문조사에 따르면 미국인의 약 70퍼센트가 '자기 선택'에 의한 조력 자살을 찬성했다고 한다. 안락사를 허용하기 전에 사회학자들은 공공보험 인프라에서 소외된 채 노령을 맞은 가난한 자가 몰릴 것이라고 우려했지만, 실상은 오히려 경제력 있는 고학력자들이 우르르 자원했다. 혼자 살기 힘든 것도 인생, 혼자 죽기 힘든 것 또

- - - - - - - - -

17 형법 제252조(촉탁, 승낙에 의한 살인 등) ① 사람의 촉탁 또는 승낙을 받아 그를 살해한 자는 1년 이상 10년 이하의 징역에 처한다. ② 사람을 교사 또는 방조하여 자살하게 한 자도 전항의 형과 같다.

한 우리 인생이다. 세라비C'est la vie ![18]

그동안 자살이 일어난 곳을 드나들며 목숨을 앗아간 수단이 현장에 그대로 남아 있는 모습을 목도하곤 했다. 베란다 천장이나 가스관에 매달린 빨랫줄의 매듭을 풀고, 캠핑용 간이 화로에 수북이 쌓인 착화탄의 재를 털어서 비우는 일은 고스란히 나의 몫이다. 창문 틈으로 드나드는 바람에 끊어진 밧줄이 흔들리는 장면을 보고 있자면 이루 말할 수 없는 연민이 밀려온다. 유독한 연기를 피우고 사람의 목숨을 앗아간 한 줌의 재가 봉투 속에 가볍게 떨궈지는 모습을 보고 있으면 죽은 이의 선택을 탓하고 싶은 교만 따위는 어느새 흩어지게 마련이다. 죽은 이의 진심을 헤아리지도 못하면서 감히 누가 함부로 심판할 자격이 있는가.

수많은 자살 현장을 오가며 죽은 자의 직업과 자살을 감행한 도구가 때때로 밀접하게 연관된다는 사실을 발견하고는 경악했다. 낯선 것을 찾기보다는 자기에게 익숙한 것, 일

----

18 '그것이 인생이다That is life'라는 뜻의 불어. 영국의 프로그레시브 록 그룹 에머슨, 레이크 앤 파머Emerson, Lake & Palmer가 세계적으로 유행시킨 동명의 노래로 유명하다.

상에서 가까운 것을 자살 도구로 선택한 것이다. 어쩌면 당연하다는 생각도 들지만, 한편으론 생계를 유지하기 위해 그들이 얼마나 많은 것을 인내했고, 또 일하는 내내 얼마나 빈번히 죽고 싶은 충동에 빠졌을지 생각해보면 내 마음도 어느새 빛을 잃고 어둑해진다.

한 남자는 개인용 컴퓨터와 모뎀을 연결하는 이더넷 케이블ethernet cable, 우리가 흔히 '랜선'이라고 부르는 것을 뽑아서 고리를 만들고는 원룸 벽에 여남은 개의 못을 박은 뒤에 목을 매고 자살했다. 그의 서랍에서 발견된 투명한 플라스틱 상자 안에는 'IT 엔지니어'라는 직책이 인쇄된 명함이 한가득 들어 있었다.

회의실에서 발견된 한 남자는 자기 회사가 중고등학교 과학실과 기업연구실에 납품하는 실험용 약품을 팔에 직접 주사한 뒤 엄청난 양의 피를 토하고 죽었다. 몇몇 직원들은 상주가 빈소에서 문상객을 기다리듯, 우리가 그 안에서 피를 닦고 혈흔을 지우는 내내 사무실 문밖에 서서 죽은 사장을 떠올리며 눈물을 흘렸다. 우리가 전할 수 있는 위로라곤 일회용 주사기와 빈 약병, 그리고 아주 미세한 핏방울까지, 그의 죽음을 연상시키는 어떤 사소한 것이라도 찾아내어 흔적도 없이 치우는 일뿐이었다.

'그라목손'이 무엇을 암시하는지 모르는 시골 노인은 아마도 없을 것이다. 가을걷이가 끝난 시월부터 파종을 시작하기 전 이월까지의 농한기에 쓸 일이 가장 희박해지는 제초제이다. 농어촌에선 바로 이 시기에 그라목손을 자살 수단으로 가장 많이 선택했다. 한때는 매년 이천 명이 넘는 사람이 이런 맹독성 농약을 마시고 자살했다.[19]

뒤늦게나마 제조업체가 응고제와 구토 유발제를 첨가하여 독이 온몸에 퍼지기 전에 위장에서 멈추고, 마시고 나면 몇 분 안에 강제로 토할 수밖에 없는 '그라목손인티온'을 후속 상품으로 내놓았지만, 농촌진흥청이 직권을 발휘하고 나서서 결국 그 주요 성분인 파라콰트[20] 액제의 등록을 대한민국에서 전면 취소해버렸다. 우수한 제초 효율성을 고집하며 당국의 회수 폐기 명령을 피해 여태껏 창고에 쟁여 놓은 그라목손을 탐내는 이웃이 있다면 그 사람은 어쩌면

----

19   최영철, <한국의 농약자살: 농약자살의 인구사회학적 및 경제적 특성에 관한 연구>, 고려대학교, 2013년, 25쪽.

20   파라콰트 디클로라이드Paraquat dichloride: 제초제, 살충제로 사용되는 맹독성 화학물질로 그라목손의 주요 성분이다. 인체에 투여하면 신장, 폐 등의 장기를 섬유화시켜 급격한 사망에 이르게 한다. 2012년부터 국내 사용이 전면 금지되었다. 농경 재배가 많은 동아시아에서 자살 수단으로 많이 이용되었다.

자살을 계획했을지도 모른다.

죽은 자의 집을 제집처럼 드나드는 직업이라지만 자살에 쓰인 도구를 발견할 때면 고요했던 내 마음에 한순간 파고가 일렁인다. 또 그것이 죽은 이의 직업과 연관된 것이라는 점을 깨달으면 심란해지고, 양가적인 감정이 동시에 밀려온다. 그런 자살 도구는 죽은 이가 맞닥뜨려온 하루하루의 일상과 생계를 밝히는 수단인 동시에, 죽음에 이른 과정을 드러내는 직접적인 증거이기 때문이다.

프랑스 철학자 앙리 베르그송은 인간의 특성을 지성으로 보고, 기술을 연마하고 도구를 만들어 사용하는 '호모 파베르Homo Faber'의 지성이 인류를 성공으로 이끈다고 주장했다. 동시에 그 지성이야말로 인류사회를 해체로 이끌 가장 큰 위험 요소라고 봤는데, 만년의 베르그송에겐 양가성을 극복할 방법을 밝히는 것이 가장 큰 철학적 과제였다. 인류를 살리는 것도 지성, 괴멸시키는 것도 지성이라니. 살아 있을 때의 생계 수단이 한순간 죽음의 도구로 전락한 채 발견되는 자살 현장과 일맥상통한다.

지성을 가진 도구의 인간, 호모 파베르가 그 지성으로 자살 도구를 고른다. 참으로 잔혹한 아이러니다. 하지만 본질적인 아이러니는 인간의 생사 그 자체인지도 모른다. 동전의 양면처럼 서로 등을 맞댔을 뿐, 사람의 생명과 죽음은 결국 한 몸통이고 그중 하나를 떼놓고는 절대 성립하지 않는다. 태어나는 순간부터 죽음을 향해 쉬지 않고 나아가는 것, 그것이 우리 인생, 인간 존재의 아이러니다.

세라비!
동전은 이미 던져졌다.

왜소한
밤의
피아니즘

이렇게 일하다가는 제명에 살기 힘들겠다고 생각하던 어느 여름밤, 간장에 버무린 돌게의 딱딱하고 살 없는 다리를 씹다가 문득 피아노를 배우겠다고 마음먹었다.

한 달이 넘도록 황사가 하늘을 뒤덮은 채 이상 고온 현상이 이어지고, 그 와중에 홀로 죽어버린 자의 냄새를 참지 못한 이들이 곳곳에서 아우성쳤다. 그들의 이유 있는 항의를 받아들인 집주인과 유족들의 다급한 요청에 따라 속절없이 도시 여기저기에 불려 다녔다. 일이 드문 겨울철도 걱정이지만, 짧은 기간에 업무가 몰리는 여름철도 가시덤불위의 여정이다. 혓바늘이 돋고 입술 가장자리가 찢어지고 관절과 근육은 제짝이 아닌 것처럼 제각기 겉돌며 덜거거린다. 특히 육체에서 가장 왜소한 손가락은 마디마디 저리고 쑤신다. 비타민과 항생 소염제, 피로해소제를 섞어서 들이마신들 이미 시들어진 꽃에 물만 성실하게 갈아주는 꼴이다.

그날도 일이 길어져 때늦은 저녁 식사를 하는데 문득 한 생각이 떠오르더니 화선지에 먹물이 번지듯 순식간에 내 마음을 물들였다. 매일 밤 어설프더라도 내 손으로 직접 피아노의 건반을 누르며 조화롭고 아름다운 소리를 낼 수 있다면 그 순간이나마 온갖 피로와 고통에서 벗어나 마음만은 안식을 얻을 수 있으리란 생각이었다. 인과성이라곤 전혀 찾을 수 없는 즉흥적인 생각이지만 한번 그런 기대가 생기자 피아노만이 내게 남겨진 유일한 출구인 양 점점 마음을 사로잡았다.

내가 사는 지역에서 피아노 수업을 해줄 수 있는 작곡가를 온라인 음악 커뮤니티에서 찾아 전화를 걸었다. 그녀의 조언에 따라 중고 디지털 피아노를 사들이고 밤에도 연습할 수 있도록 헤드폰을 주문했다. 또 하농과 리얼북 같은 트레이닝 교재와 악보집도 구했다.

그리하여 한 육체노동자의 우악스럽고 핏줄이 도드라진 손가락이 피아노의 새하얀 건반을 누르는 낯선 장면을 매일같이 내려다보게 되었다. 어떤 날은 십 분도 채 못 미치는 시간 동안, 또 어떤 날은 초저녁 뉴스가 시작할 무렵부터 자정을 넘기도록, 일 없는 주말엔 마음껏 피아노 앞에 머물렀다.

— 제가 가르치는 실용음악과 입시생보다도 열심히 하시는
    것 같네요.

실력은 기대만큼 쉽게 늘지 않았지만, 젊은 작곡가는 몇
년 동안 나를 다정하고 끈기 있게 다독여주었다.

내 첫 피아노 연습곡은 김소월의 시에 구슬픈 멜로디를
붙인 동요 〈엄마야 누나야〉. 어째서일까, 어른이 되고서 이
노래에 더 매료되었다. 군사훈련을 마치고 한 육군보급창
의 경비 중대에 배치되면서 초소에 나가서도 수없이 이 노
래를 불렀다.

엄마야 누나야 강변 살자
뜰에는 반짝이는 금모래 빛
뒷문 밖에는 갈잎의 노래
엄마야 누나야 강변 살자.

엄마야 누나야 강변 살자, 이 마지막 대목을 부를 때면 마
음 한구석이 저민다. 강어귀에 쏟아지는 찬란한 햇빛에 모
래톱이 빛나고, 우거진 갈대가 바람 부는 방향에 따라 부스

스 고개를 떨구는 미지의 강가. 소년은 정말 그런 곳에 가고 싶었을까? 지금 여기를 벗어날 수만 있다면, 그저 이곳만 아니라면 세상 어디라도 좋지 않았을까?

건반 위에 왼손가락을 그러모아 "쿵짝짝" 왈츠 리듬을 누르며 오른손가락으로 그리운 멜로디를 따라가자니 초소에서 마주했던 기나긴 밤의 적막이 시나브로 나를 감싼다. 습기를 막으려 철모 안쪽에 접어놓았던 신문지 냄새가 정말 느껴지는 것 같다. 그때는 하루빨리 구속에서 벗어나 또 다른 어딘가, 진짜 있어야 할 어딘가로 떠나고 싶었다. 그것이 밤마다 초소의 강철 사다리 아래를 서성이며 이 노래를 부른, 숨겨진 이유인지도 모른다.

존 레넌의 〈오 내 사랑oh my love〉은 피아노로 도전한 첫 팝송이다. 시간제로 빌리는 스튜디오의 업라이트 피아노 앞에 앉아 악보와 손가락을 번갈아 쳐다보며 한 음절씩 더듬더듬 건반을 누르는데, 흐리마리한 기억 속에서 불현듯 그날 보았던 아버지의 얼굴이 떠올랐다.

한남대교 위의 기다란 교통 정체 대열에 끼어 핸드 브레이크를 당겼다. 내 앞차가 더 나아갈 기미가 없어 체념하며 라디오를 틀었을 때 마침 형에게서 전화가 걸려왔다. 출근하는 아침 일곱 시는 누군가 죽었다는 농담을 하기엔 너무 이른 시각이다. 평소와 달리 목소리가 격앙된 형의 전화를 받고도 아버지가 죽었다는 사실을 한동안 실감할 수 없었다.

화장로에 시신을 밀어 넣기 직전에 본 아버지는 평생 보고 자란 사람이라고는 도저히 믿을 수 없을 만큼 생소한 얼굴이었다. 집 앞 개천에 떨어졌기에 물에 온몸이 부풀고 얼굴마저 불어터져 있었다. 눈두덩과 이마, 볼이 심각하게 부어올라서 얼굴이 정상 크기가 아니었다. 화장터 유족 대기실에 설치된 모니터 화면에 표기된 아버지 이름 앞에는 '고故'라는 한자가 덧붙어 있었다. 이름 뒤에 표기된 '화장 중'이라는 빨간 문구를 지켜보며 내가 본 낯선 얼굴이 진짜 아버지의 얼굴이 아닐지도 모른다고 끝내 의심을 지우지 못했다.

나는 바람을 보고, 또 나무들을 바라봅니다,

I see the wind, Oh, I see the trees,

모든 것이 내 마음속에 선명합니다.

Everything is clear in my heart.

내 기억 속의 아버지는 이해할 수 없는 사람이었다. 어떻게 한 인간이 그토록 극단적으로 화를 낼 수 있을까? 왜 한

번 솟구친 화는 누군가에게 쏟아내기 전에 절대 가라앉지 않을까? 언제 터질지 예측할 수 없는 우수한 성능의 폭탄은 누구도 손에 쥐려고 하지 않는다. 늘 짧게 깎아 올린 스포츠형 머리에 작은 키이지만 탄탄한 몸집이던 아버지는 누구라도 상대하기 어려운 사람이었다. 친구라 부를 만한 사람은 본 적이 없었다. 그래서 나는 어머니의 다정함을 오래도록 동정했다. 폭탄에 묻은 흙을 손수 털어내고 맑은 물에 씻어서 가슴에 고이 품은 유일한 사람이기에, 그것을 만지는 인생은 온통 고통과 상처로 얼룩질 수밖에 없기에.

나는 구름들을 보고, 또 하늘을 바라봅니다,

I see the clouds, Oh I see the sky,

모든 것이 이 세상 속에 선명합니다.

Everything is clear in our world.

한남대교 위의 자동차 라디오에서 흘러나오던 노래를 피아노 건반을 누르며 다시 불러낸다. 느리게 치는 멜로디 속에서 여전히 모든 것이 선명하다. 어린 시절에 아버지를 얼마나 미워했는지. 여기 아닌 곳, 당신이 없다면 어디라도 좋을 또 다른 곳으로 떠나고자 얼마나 많은 것을 계획하고 수

정하고 또 버렸는지….

— 그래도 지금은 좋았던 일만 생각난다.

어머니는 형이 보살피는 집을 떠나 때때로 내가 사는 곳에 와 지내면서 불쑥불쑥 아버지에 대한 추억을 꺼내놓았다. 달갑지는 않지만, 과거만 휑뎅그렁하게 남겨놓은 채 훌쩍 떠나버린 이를 그리는 심정을 어떻게 탓할 수 있겠는가.

아버지가 돌아가시고 몇 년이 지나자 어머니는 다시 쇠약해졌다. 지병이 재발해서 손녀들이 재잘대는 집을 떠나 적막한 병실로 돌아갔다. 추억을 촛불 삼아 겨우 지탱해온 삶은 언뜻 불어온 바람에 어이없이 꺼져버렸다. 남편을 태워 보낸 화장터에서, 화염에 육신을 내준 그 누구와도 다를 바 없이 어머니도 한 줌의 재만 남기고 떠났다.

밤은 청하지 않아도 기어이 찾아온다. 밝아오는 아침을 누구도 외면하지 못하듯 어둠은 내가 살아 있는 동안 단 하루의 유예도 없이 매일 밤 나를 방문할 것이다. 그것이 자연이 하는 일이다. 때로는 그 무심함에 질리고 때로는 그 변함없음에 안도한다. 그토록 장엄하고 공평무사한 밤이 찾아오면 모든 생각이 작고 부질없다.

— 그래도 아버지는 늘 너를 생각하셨다.

느닷없이 어머니가 건넨 말에 아무런 대꾸도 할 수 없었다. 처음엔 그 말이 떠오를 때마다 화가 났지만, 또 어느 흐린 날엔 이해할 수도 있을 것 같았다.

다시 한번 피아노 앞으로 의자를 바싹 끌어당긴다. 흰 건반과 검은 건반이 내 밝고 어두운 기억처럼 장황하게 펼쳐져 있다. 그저 한 소절을 치고는 한동안 생각에 잠긴다. 또 두세 마디를 잇달아 치고는 멈춰서 새로운 생각에 사로잡힌다. 지금 이 손가락은 피아노 건반을 누르는 것일까, 내 기억을 더듬고 있는 것일까? 이쯤 되면 음악이라고 부르기도 민망한, 너무나 길고 단절된 리듬과 멜로디다. 하지만 그것이 하찮고 미련한 생각으로 왜소해진 밤을 위로해주는 나만의 피아니즘인지도 모른다.

나는 슬픔을 느끼고, 또 꿈들을 느낍니다,
I feel the sorrow, Oh I feel dreams,

모든 것이 내 마음속에 선명합니다.

Everything is clear in my heart.

어떤 날은 아버지가 그립다. 힘든 하루를 보내고 지친 밤에는 더 선명하게 떠오른다. 언젠가 냉랭한 태도로 입을 굳게 다문 내 앞에서 눈물을 참지 못하던 아버지의 약해진 얼굴도, 물불 못 가릴 정도로 화가 나서 지르던 고함소리도, 병석에 누운 어머니의 파리한 손을 붙잡고 기도하던 유난히 짧고 두툼했던 손도 모두 생각난다.

내 감정은 피아노 건반처럼 밝고 어두운 것, 기쁘고 서글픈 것으로 온통 뒤섞여 있다. 언젠가 어머니처럼 나에게도 아버지의 좋았던 기억만 떠오르는 날이 찾아올까? 자연의 섭리처럼, 청하지 않아도 어김없이 찾아오는 이 밤의 장엄함처럼, 모든 왜소한 것이 사라지고 오직 사랑의 기억만이 나를 감싸는 그런 시간이 정말 찾아와 줄까?

수도꼭지의 아이러니는 누군가가 씻는 데 도움이 되고자 만들어졌지만 결코 스스로 씻지 못한다는 것입니다. 죽은 자의 집이라면 그가 누구든 그곳이 어디든 가서 군말 없이 치우는 것이 제 일입니다만 정작 제가 죽었을 때 스스로 그 자리를 치울 도리가 없다는 점이 수도꼭지를 닮았습니다. 언젠가 죽은 이가 숨을 거두고 한참 뒤에 발견된 화장실에서 수도꼭지에 낀 얼룩을 닦으며 그런 생각을 했습니다. 우리는 누군가의 도움 없이 살아갈 수 없다고.

인간 존재의 아이러니는 늘 죽음을 등에 지고 살아간다는 것입니다. 무릇 생명이 있는 존재라면 죽음을 맞을 수밖에 없고, 그 사실에 누구도 예외가 없습니다. 삶과 죽음은 양면으로 된 동전처럼 한쪽만으로 성립되지 않습니다.

우리는 그동안 삶이라는 눈 앞에 펼쳐진 방향만을 보고 걷느라 등짝까지 살펴볼 기회를 얻지 못했는지도 모릅니다. 때로는 날벌레가 물고, 햇볕이 내리쪼여 등이 따가웠지만 오늘 당장 갈 길을 재촉하느라 굳이 뒤돌아보지 않았죠. 행여나 시선을 놓치고 뒤를 힐끔거리다가는 내 등에 바싹 붙어 있는 그 불온하고 무시무시한 것이, 시나브로 앞길을 막고 나서서 당장이라도 걸음을 멈추게 하지는 않을까? 두려움은 우리 시야를 좁게 만들고서 뒤돌아보지 말라고, 좀 더 빨리 달리라고 재촉합니다.

그동안 우리 사회는 죽음에 대해 경도되고 그 엄숙함에 지나치게 몰입한 탓에 죽음에 관한 언급 자체를 불경한 일로 여겼습니다. 어쩌면 이 기록도 그런 면에서는 급진적이라고 할 만한지도 모릅니다. 하지만 죽음을 돌아보고 그 의미를 되묻는 행위, 인간이 죽은 곳에서 더 선명하게 드러나는 삶과 존재에 관한 면밀한 진술은 오히려 항바이러스가 되어 비록 잠시나마 발열하지만 결국 우리 삶을 더 가치 있고 굳세게 만드는 데 참고할 만한 기전機轉이 되리라 믿습니다. 누군가의 죽음으로 생계를 이어가는 직업적인 아이러니 속에서 이 기록이 그 역할을 하리라는 믿음, 나에게 주어진 사회적 책무라는 자각이 글쓰기를 멈추지 않도록 다독여주었습니다.

마음 놓고 손이라도 씻을 만한 수돗가 같은 책을 만드는데는 여러 사람의 도움이 필요했습니다. 대중출판물로 엮기 어려운 주제임에도 선뜻 손을 내밀어주신 최은희 님, 징검다리에서 머뭇거릴 때마다 안심하고 건널 수 있도록 친히 빛을 비추어 안내해주신 길은수 편집자님, 더 많은 이가 이 수돗가에 다가올 수 있도록 너른 길을 터주신 김영사와 디자인, 마케팅, 홍보를 맡아주신 모든 스태프 여러분들…. 그리고 삶의 진실을 찾느라 오랜 시간 글쓰기를 잊어버린 이미 완성된 작가, 아내 H에게 고마움을 전합니다.

죽은 자의
집 청소